世界の中心で愛をさけぶ

风吹来，樱花瓣落了。花瓣飘到脚前。我再次注视手心里的玻璃瓶。小小的疑念掠过胸际：不会后悔么？也可能后悔。可是现在落樱是这般美丽。我慢慢拧开瓶盖。往后的事不再想了。我把瓶口朝向天空，笔直伸出胳膊划了个大大的弧形。白色的骨灰如雪花儿飞向晚空。又一阵风吹来。樱花瓣翩然飘落。亚纪的骨灰融入花瓣之中，倏忽不见了。

在世界中心呼唤爱

片山恭一／著　林少华／译

图书在版编目(CIP)数据

在世界中心呼唤爱/(日)片山恭一著;林少华译.青岛:青岛出版社,2004.3
ISBN 978 - 7 - 5436 - 3050 - 5

Ⅰ.在... Ⅱ.①片...②林... Ⅲ.长篇小说—日本—现代 Ⅳ.I313.45

中国版本图书馆 CIP 数据核字(2004)第 013282 号

本作品由青岛出版社通过上海碧日咨询事业有限公司和日本株式会社
小学馆签订翻译出版合约出版发行。

山东省版权局著作权合同登记 图字:15－2003－118 号

书　　名 **在世界中心呼唤爱**
著　　者 (日)片山恭一
译　　者 林少华
出版发行 青岛出版社
社　　址 青岛市徐州路 77 号(266071)
本社网址 http://www.qdpub.com
邮购电话 13335059110 (0532)85814750(兼传真) (0532)80998664
责任编辑 杨成舜 **E-mail:**ycsjy@163.com
封面设计 毛　增
照　　排 青岛海讯科技有限公司
印　　刷 青岛星球印刷有限公司
出版日期 2009 年 1 月第 2 版第 4 次印刷
开　　本 大 32 开(880mm×1230mm)
印　　张 5.75
字　　数 100 千
印　　数 54001 - 59000
书　　号 **ISBN** 978 - 7 - 5436 - 3050 - 5
定　　价 19.00 元

编校质量、盗版监督免费服务电话 **8009186216**
(青岛版图书售后如发现质量问题,请寄回青岛出版社印刷物资处调换。
电话:0532—80998826)

爱——

人的 α 和 ω

（译序）

林少华

　　大家知道,α和ω是24个希腊字母的开头一个(阿尔法)和最后一个(奥米伽)。西方人因之用来比喻事情的开始与终了。我以这个为题倒不是故弄玄虚,而是引自这本小说的作者片山恭一的话。他在一次访谈中说,"爱上一个人,是人的α,又是人的ω"。同时说自己作品的核心就是恋爱、就是爱情、就是爱。

　　而这部《在世界中心呼唤爱》写的的确是一个清纯而凄美的爱情故事。不,严格说来,应该是发生在祖孙两人身上的两个爱情故事。爷爷年轻时爱上一个患肺结核的少女。因肺结核病在当时几乎是不治之症,爷爷为了能够娶她养活她而从家乡跑去东京拼命赚钱。当他赚了钱回到家乡时,少女的病因为链霉素的发现而治好了。病治好了即意味着可以出嫁。但对方父母不愿意把女儿嫁给做"乱七八糟买卖"的爷爷而嫁给了一个"本分人"。不久爷爷也结了婚。五十年后,爷爷领孙子去盗墓,把所爱之人的骨灰偷出一点点装进小桐木盒交给孙子，叮嘱孙子待自己死后"把差不多同样分量的我的骨灰和这个人的骨灰混在一起"，撒在长有对方喜欢的紫花地丁的山坡。而此时孙子正爱着班上一个叫亚纪的学习好性格好的美丽少女。不料亚纪后来得了白血病。尽管"我"每天晚上都向神祈祷，宁愿自己受苦而换取亚纪的康复，但亚纪还是在凄凉的山谷里化为灰烬——"四周一片岑寂，不闻人语，不闻鸟鸣。侧耳倾听，隐约传来焚烧亚纪的锅炉声响……我在看着焚烧世界上自己最喜欢的人的烟静静升上冬日的天空。"于是剩下来的只有亚纪的骨灰。"我"和亚纪的父母飞往澳大利亚，把骨灰撒在了亚纪生前向往的浅褐色草原。但我没有撒尽，留下一点点装在透明的小玻璃瓶里带回。最后，"我"来到和亚纪一起就读过的校园的樱花树下。"白色的骨灰如雪花儿飞向晚空。又一阵风吹来，樱花瓣翩然飘落。亚纪的骨灰融入花瓣之中，倏忽不见了。"

爱，是人的 α 和 ω。但从形式上看，这祖孙两人的爱差不多只有两端的 α 和 ω 而没有过程。孙子的爱几乎开始即结束，爷爷的爱则中间横亘着长达五十年的空白。然而就爱的内涵来说，恐怕又是人世间最为一以贯之的完整的爱。亚纪死后，祖孙两人有一番关于来世的对话。爷爷认为，"倘若以为看得见的东西、有形的东西就是一切，那么我们的人生岂不彻底成了索然无味的东西？……但是，如果离开形体考虑，那么我们就一直在一起。五十年来，不在一起的时候一刻也不曾有过。"而"我"在亚纪死后一直觉得她仍在，"不是什么错觉,是真真切切的感觉。"可以说,祖孙两人的爱因为爱的形式的告缺而得以升华、得以永恒、得以荡气回肠。在这个意义上,ω并非终结。

爷爷的爱和孙子的爱还有一个共同点,那就是ω都是以骨灰形式出现的。骨灰是整篇小说的关键词,堪称神来之笔。爷爷偷取思念五十年的恋人的骨灰时在那里蹲了很长时间,"我叫一声'爷爷'的时候,发觉祖父的双肩在月光中微微颤抖";而"我"面对的变化更为剧烈和突然:几个月前还一起在海湾游泳的亚纪那闪着晶莹水珠充满生机的白皙肢体、那泼墨一般在水面摊开的长发、那未能捕捉到的淘气的嘴唇都已化为骨灰。而爷爷和孙子绵绵无尽跌宕起伏的爱之情思也就渗入了骨灰之中。读之,我们不能不感到骨灰的重量,骨灰竟可以如此沉重!

就创作时间来说,这部小说无疑是当代爱情小说;但就主题和风格而言,大约更近乎古典。现当代爱情小说更为深刻、犀利和冷静,集中表现爱情的扭曲以至滑稽形态。中国近来的部分爱情小说更是如此。满纸的冷嘲热讽、愤世嫉俗甚至日常生活中的羞于诉诸文字的粗话脏话。我们从中看到的爱情在很大程度上已是对爱情的肢解、叛离和亵渎。但这部小说通篇充溢一股感伤和优雅的情调,竭力在喧嚣、虚伪与浮躁的时代背景下揭示爱情的价值与真谛,发掘爱情的纯净与美好。恬静、内敛而温馨抒情的字里行间鼓涌着对纯爱的真诚向往和呼唤,寄寓着对最本质、最宝贵人性的热切期盼和追寻,从而使得这个水晶般晶莹和单纯的爱情故事有一种刻骨铭心催人泪下的悲剧力量。在这点上,她是对古典的回归,对罗曼司和理想主义的反顾和张扬。

世界上最重要的东西是什么?空气、水和爱。然而空气被污染了、水被污染了、爱(除了母爱)被污染了。唯其被污染了,我们才渴望得到蔚蓝的天空、澄澈的清泉和圣洁的爱。文学反映现实,当下爱情小说折射被污染的爱情固然无可非议。可是事情还有另一个侧面——当被污染的爱情已经充斥我们周围的时候,我们难道还会兴致勃勃地观看文学这面镜子里折射的被污染的爱情么?还有那个必要吗?《在世界中心呼唤爱》在日本出版以来日益受到青年男女的喜爱,很快刊行171万册①,作为纯文学作品现已罕见地由畅销书变为常销书。究其主要原因,大概恰恰在于作者在爱被污染的今天提供了未被污染的爱,在没有古典式罗曼司的时代拾回了古典式罗曼司。这种了无杂质的、纯粹的爱情是对人们情感生活中的缺憾的补偿,是对被粗粝的现实磨钝了的爱情神经的修复,是对人们渴慕爱的干渴心灵的爱抚与浇灌。不妨说,交换价值至上、实用主义至上的当今时代造成了纯爱的缺席,因而也带来了阅读纯爱的巨大消费空间。毕竟,爱是

---

① ～171万册系2004年初的数据。最新数据是:据日本共同社报道,随着同名电影的公映,截至5月31日,《在世界中心呼唤爱》一书销量达到306万册,远远超过了此前由《挪威的森林》创造的238万册的销售纪录,成为日本有史以来最畅销的小说。作者片山恭一也因此书荣膺日本十大高额纳税作家之列。同时,此书的热销也标志着濒临崩溃的日本出版业开始走向复苏。

人的 α 和 ω。而文学的价值和使命，未尝不更在于张扬现实生活中所匮乏甚至没有的东西，在世俗风雨中庇护人们微弱的理想烛光。

最后介绍几句作者。片山恭一，1959 年生于日本爱媛县，九州大学农学系农业经济学专业毕业。学生时代通读了包括夏目漱石和大江健三郎在内的日本近现代文学全集，同时读了从笛卡尔、莱布尼茨到结构主义的欧洲近现代哲学。也读了马克思。学士论文写的是马克思，硕士论文写的是恩格斯，博士论文写的是欧洲近代哲学。二十二三岁开始创作小说。代表作有《气息》、《世界在你不知道的地方运转》、《别相信约翰·列侬》、《满月之夜》、《天空的镜头》以及新作《倘若我在彼岸》、《雨日的海豚》等。文学上对大江健三郎"怀有亲切感"，文体上受古井由吉和海明威影响较深。文学批评家中比较欣赏去世不久的日野启三——"日野先生始终把握'人从何处来又往何处去'这样一条主线。也许受私小说影响之故，日本作家往往热衷于写日常生活和男女琐事，而不具有探索人类走向和'世界长此以往是否合适'这样的视角。而日野先生则以大跨度(span)思考问题，经常谈论人类的发生和宇宙话题。这点同我一拍即合。"我想，这段话对于我们进一步理解这部小说或许不无启示作用。

二零零四年二月五日
于青岛窥海斋

第 一 章

1

　早上醒来,发觉自己在哭。总是这样。甚至是否悲伤都已分不出了,感情同眼泪一起流去了哪里。正在被窝里愣愣发呆,母亲进来催道:"该起来了!"

　雪虽然没下,但路面结了冰,白亮亮的。约有一半车轮缠了铁链。父亲开车,助手席上坐着亚纪的父亲。亚纪的母亲和我坐在后面。车开动了。驾驶席和助手席上的两人不停地谈雪。登机前能赶到机场吗?飞机能按时起飞吗?后面的两人几乎一声不响。我透过车窗,怅怅打量外面掠过的景致。路两旁舒展的田野成了一望无边的雪原。阳光从云隙射下,把远山镀了一层光边。亚纪的母亲膝上抱着一个装有骨灰的小瓷罐。

　车到山顶时,雪深了起来。两个父亲把车停进路旁餐馆,开始往车轮上缠铁链。这时间里我在附近走动。停车场对面是杂木林。未被践踏的雪掩住了下面的荒草,树梢上的积雪不时发出干涩的响声落到地面。护栏的前方闪出冬天的大海,波平如镜,一片湛蓝。所见之物,无不像被深沉的回忆吸附过去。我把心紧紧封闭起来,背对大海。

　树林里的雪很深,又有折断的树枝和坚硬的树桩,比预想的还难走。忽然，一只野鸟从林间尖叫着腾空而起。我止住脚步，倾听四周动静。万籁俱寂，就好像最后一个人都已从这世界上消失。闭上眼睛，附近国道上奔驰的带链车轮声听起来仿佛铃声。这里是哪里？自己是谁？我开始糊涂起来。这时，停车场那边传来父亲招呼我的声音。

翻过山顶，往下就顺畅了。车按预定时间开到机场，我们办完登机手续，走去大门。

"拜托了！"父亲对亚纪父母说。

"哪里。"亚纪的父亲微笑着应道，"朔太郎一起来，亚纪也肯定高兴。"

我把视线落在亚纪母亲怀抱的小罐上面——一个包在漂亮锦缎中的瓷罐，亚纪果真在那里面吗？

飞机起飞不久我就睡了过去。我做了个梦，梦见还健康时的亚纪。她在梦中笑，仍是以往那张显得有点困惑的笑脸。"朔君！"她叫我。语声也清晰留在我耳底。但愿梦是现实、现实是梦。但那是不可能的。所以醒来时我仍在哭泣。不是因为悲伤。从欢欣的梦中返回悲伤的现实，其间有一道必须跨越的裂口，而不流泪是跨越不过去的。尝试多少次也无济于事。

起飞的地方冰天雪地，而降落的地方却是骄阳似火的观光城市凯恩斯——一个面临太平洋的美丽都市。人行道上椰子树枝叶婆娑。面对海湾建造的高级宾馆四周，绿得呛人的热带植物铺天盖地。栈桥系着大大小小的观光船。开往宾馆的出租车沿着海滨草坪的一侧快速行进。许多人在暮色中悠然漫步。

"好像夏威夷啊!"亚纪的母亲说。

在我看来仿佛是应该诅咒的城市。所有一切都和四个月前相同。四个月时间里唯独季节推进,澳大利亚由初夏进入盛夏,如此而已。仅仅如此而已……

将在宾馆住一宿,翌日乘上午航班出发。几乎没有时差,离开日本时的时间照样在此流淌。吃罢晚饭,我躺在自己房间的床上,望着天花板发呆,并且自言自语:亚纪不在了!

四个月前来时也没有亚纪。我们来此做高中修学旅行,而把她留在了日本。从离澳大利亚最近的日本城市来到离日本最近的澳大利亚城市。这条路线,飞机不必为加油中途停靠哪里的机场。一座因为奇妙的理由闯入人生的城市。城市是很漂亮。看见什么都觉得新鲜、新奇。那是因为我所看的东西亚纪曾一起看过。但现在无论看什么都无动于衷。我到底该在这里看什么呢?

是的,这就是亚纪不在的结果,失去她的结果。我没有任何可看的了。澳大利亚也好阿拉斯加也好地中海也好,去世界任何地方都一回事。再壮观的景象也打动不了我的心,再优美的景色也无从让我欢愉。所见、所知、所感……给我以生存动机的人已经不在了。她再也不会同我一起活着。

仅仅四个月、仅仅一个季节交替之间发生的事。一个女孩那般轻易地从这个世界上消失了！从六十亿人类看来，无疑是微不足道的小事。然而我不置身于六十亿人类这一场所。我不在那里。我所在的只是一人之死冲尽所有感情的场所。那场所里有我。一无所见，一无所闻，一无所感。可是我果真在那里吗？不在那里，我又在哪里呢？

2

上初二的时候我才和亚纪同班。那以前我一不晓得她的名字二不知道她的长相。我们被编入九个平行班中的一个班,由班主任老师任命为男年级委员和女年级委员。当年级委员的第一件事就是作为班级代表去看望一个叫大木的同学,他开学不久腿就骨折了。路上用班主任老师和班上全体同学凑的钱买了蛋糕和鲜花。

大木腿上很夸张地缠着石膏绷带,倒歪在床上。我几乎不认得开学第二天就住院的这个同学,于是和病人的交谈全部由一年级时也和他同班的亚纪承担。我从四楼病房的窗口往街上观望。车道两旁整齐排列着花店、水果店和糕点店等店铺,形成一条不大但很整洁的商业街。街的前方可以看见城山。白色的天守阁在树梢新绿之间若隐若现。

"松本,下面的名字叫朔太郎吧?"一直跟亚纪说话的大木突然向我搭话。

"是的……"我从窗边回过头去。

"这怕不好办吧?"他说。

"有什么不好办的?"

"还用问,朔太郎不是荻原朔太郎①的朔太郎吗?"

我没回答。

"我姓下的名字可知道?"

"龙之介对吧?"

"对对,芥川龙之介②。"

我终于明白了大木的意思。

"父亲是文学中毒分子啊,双双。"他满意地点了下头。

"我的倒是爷爷……"我说。

"你名字是爷爷取的?"

"嗯,正是。"

"无事生非啊!"

"可龙之介不还蛮好的吗?"

"好什么?"

"若是金之助如何是好?"

"什么呀,那?"

"夏目漱石的原名嘛!"

"哦? 不知道。"

"假如你父母爱看《心》③,如今你可就成了大木金之助喽!"

"何至于。"他好笑似的笑道,"无论如何也不至于给儿子

---

① 日本著名诗人,1886~1942。
② 日本著名小说家,1892~1927。
③ 夏目漱石(1867~1916)的代表作。

取什么金之助为名嘛!"

"比如说嘛。"我说,"假如你是大木金之助会怎么样——肯定成为全校的笑料。"

大木脸上有点儿不悦。我继续道:

"想必你要因为怨恨父母取这么个名字离家出走,成为职业摔跤手。"

"何苦成为职业摔跤手?"

"大木金之助这样的名字,不是只能当职业摔跤手的吗?"

"也许吧。"

亚纪把拿来的花插进花瓶。我和大木打开糕点,边吃边继续谈论文学中毒分子双亲。临回去时,大木叫我们再来。

"一躺一整天真够无聊的了!"

"过几天班里的人会轮流教你功课的。"

"最好别那样……"

"佐佐木她们也说要帮来着。"亚纪道出班里一个以美少女著称的女孩名字。

"满意吧,大木?"我取笑他。

"瞎操心!"他说了句不甚风趣的俏皮话,独自笑了。

医院回来路上,我忽生一念,问亚纪一起爬城山如何。参加课外体育活动太晚了,而径直回家至吃晚饭还有些时间。"好啊!"她爽快地跟了上来。城山登山口有南北侧两个。我们登的是南侧。若以北侧为正门,这边则相当于后门。路又险又窄,登山者也少。途中有个公园,两条登山路在那里合在一起。我们也没怎么说话,只管沿山路慢慢往上爬。

"松本君,摇滚什么的听吧?"走在身旁的亚纪问。

"嗯。"我一闪侧了下头,"怎么?"

"一年级时候看到你常和同学借 CD。"

"你不听的?"

"我不成。脑袋里一锅粥。"

"一听摇滚就?"

"嗯。就成了午间校餐里的咖喱豆。"

"嗬。"

"体育活动你参加的是剑道部吧?"

"啊。"

"今天不去练习也可以的?"

"跟顾问老师请假了。"

亚纪想了一会。

"奇怪呀!"她说,"体育活动搞剑道的人,在家里却听什么摇滚——味道完全不同的呀!"

"剑道不是要'咔嚓'一声击中对方面部的么,和听摇滚是一回事♪"

"平时不怎么'咔嚓'?"

"你'咔嚓'不成?"

"'咔嚓'是怎么回事,我还真不大明白。"

我也不大明白。

作为男女中学生,那时两人走路都保持适当距离。尽管如此,从她头发上还是有洗发香波或护发液那微微的香甜味儿飘来,和直冲鼻孔的剑道护具味儿截然不同。一年到头带有这种气味儿生活,或许不会产生听摇滚或用竹剑击人那样的心情。

脚下石阶的棱角变得圆了,点点处处生出绿色的藓苔。掩住石砾的地面是一层红土,看上去常年湿漉漉的。亚纪突然站住:

"绣球花!"

一看,山路和右面石崖之间有一丛枝叶繁茂的绣球花,已经长出许多十圆硬币大小的花蕾。

"我么,喜欢绣球花。"她一副痴迷的样子,"开花时不一起来看?"

"好的。"我有点焦急,"反正先爬上去吧!"

3

我家位于市立图书馆院内。与主馆相邻的双层白色洋楼几乎就是鹿鸣馆①或大正自由民主风潮②的化身。说正经话,此建筑已被市里定为文物,居住者不得擅自维修。定为文物本身自是值得庆幸,但作为住的人根本无幸可言。实际上祖父也说不适于老年人住,赶紧一个人搬去一座半新不旧的公寓。不适于老年人住的房子,定然任何人住都不舒服。这种故意逞强似乎是父亲的一个顽症,依我看,母亲给此病害得不浅。而对孩子却是大大的麻烦。

至于一家子因了什么缘故住在这座房子的我不知道。除了父亲的故意逞强,同母亲在图书馆工作肯定有关。抑或由于过去好歹当过议员的祖父的门路也有可能。不管怎样,反正我不想知道有关这座房子的令人不快的过去,从未故意打听过。家与图书馆之间,最短不过十米。因此,可以从二楼我的房间里和坐在图书馆窗边桌旁的人看同一本书——这倒是说谎了。

---

① 明治 16 年(1883 年)建造的双层砖瓦结构的社交俱乐部,上流社会常用来举办舞会。
② 大正时期(1912～1925)兴起的自由主义、民主主义风潮及其运动。

别看我这样子，可还是个孝顺儿子，从上初中开始，就趁体育活动的空闲帮母亲做事。例如周六下午和节假日读者多的日子在借阅服务台把图书条形码输入电脑，或把还回的书堆在小车上放回原来的书架，勤快得不次于《银河铁道之夜》①里的焦班尼。当然，因为一来不是母子经营的图书馆，二来不是义务工，所以工钱还是领的。领的工钱几乎都用来买 CD 了。

我和亚纪那以后也作为男女年级委员继续保持恰到好处的关系。在一起的机会固然很多，但不曾特别意识到对方是异性。莫如说可能因为距离太近而觉察不出亚纪的魅力。她相当可爱，性格随和，学习也好，班上男孩子里边也有很多她的追捧者。而我不知不觉之间招来了他们的嫉妒和反感。比如上体育课时打篮球踢足球，必定有人故意冲撞或踢我的脚。虽说不是明显的暴力，但对方的恶意足以感受得到。起初我不解其故，只是以为有人讨厌我。而一想到自己无端被人讨厌，心里很受刺激。

长期不解之谜由于一件无聊小事而豁然开朗。第二学期举办文化节时，二年级必须每班演一个节目。自习时间里投票结果，女生团体票占了上风，要我们班上演《罗密欧与朱

---

① 日本著名童话作家、诗人宫泽贤治（1896～1933）的代表作，焦班尼是书中主人公。

丽叶》。朱丽叶一角因女生联合投票由亚纪扮演，罗密欧一角按照谁都不愿意做的事便由年级委员做这条不成文的规定而由我扮演。

在女生主导下，排练在融洽气氛中顺利进行。在窗边一幕有朱丽叶自我表白场面："罗密欧、罗密欧，你为什么是罗密欧？请你背叛父亲，抛弃那个姓！如果做不到，至少请发誓相爱……"亚纪本来就认真，演得又认真，自有好笑之处。加之特别出场的女校长扮演乳母角色，照本宣科地说道："一点不错，我以十二岁时还是处女的我本人的名誉宣誓"，结果惹得大家哄堂大笑。在朱丽叶卧室里两人迎来清晨，罗密欧离去前自言自语："外面亮了，而两人的心暗了"——这时恰有接吻场面。加以劝阻的朱丽叶，被拽住脑后头发的罗密欧，两人定定对视，隔着阳台栏杆接吻。

"你少跟广濑死皮赖脸的！"他说。

"以为自己学习好一点儿就美上天了！"另一个家伙接道。

"说的什么呀？"我说。

"讨厌鬼！"一人猛然朝我腹部打来。

本来就是要吓唬我，加上我也条件反射地运了气，所以几乎没受伤害。也许两人因此出了气，突然转身，气呼呼走开了。我呢，较之屈辱，莫如说感到痛快——一种长期耿耿于怀的不安消除后的痛快。往对于碱性呈红色反应的还原酚酞溶液里加入适量的酸性液体，水溶液因中和反应变得透明。如此这般，世界变得天朗气清。我把这始料未及的答案在心里再次反刍一番:原来这些家伙嫉妒我！我和亚纪形影不离,因此成了他们的眼中钉。

　　当事人亚纪,传闻她有个高中生恋人。真相不曾确认,也没直接问过她本人。只是班上女孩子们议论而不知不觉传入我耳朵的。对方好像是打排球的,高高大大,一表人才。我心里暗开玩笑:对方是搞剑道的,剑道!

　　那时亚纪已习惯于边听广播边学习了。她喜欢听的节目我也晓得。因听过几次,大体内容也了然于心:智商低的男女互寄明信片,由饶舌的唱片音乐节目主持人念出来,乐此不疲。我有生以来第一张明信片是为亚纪点播曲目写的。何以那么做我不清楚,大概是想挖苦她,挖苦她同高中生交往。因亚纪而吃苦头带来的报复心理恐怕多少也是有的。而更主要的伏线大约是尚未意识到的恋情。

　　那天是圣诞平安夜,节目加进一个令人毛骨悚然的计划——"平安夜恋人点播歌曲特辑"。可想而知,竞争率比平时还高。若想让明信片稳稳念出来,内容必须投其所好。

　　——那么让我介绍下一张明信片,是二年四班罗密欧同学写来的。"今天我想写一下我们班的 A · H 。她是个长头发的文静女孩。长得似乎比《风之谷》的娜乌西卡①虚弱一点儿,性格开朗,一直当班委。十一月文化节班级上演《罗密欧

───────────────

　　①　ナウシカ,宫崎骏动画片《风之谷》中女主人公名。

与朱丽叶》,她演朱丽叶我演罗密欧。不料排练开始不久她就病了,时常不能来校,只好找人代替——我和另一个女孩演《罗密欧与朱丽叶》。后来才知道她得的是白血病,现在仍住院治疗。据前往看望她的同学讲,长发已因药物彻底脱落,瘦得根本看不出往日的面容了。这个平安夜想必她也正躺在医院病床上。说不定正在听广播节目。我想为未能在文化节扮演朱丽叶的她点播一首《西城故事》①里的《今宵》,拜托!"

"什么呀,那是?"第二天亚纪逮住我问,"昨天点播的,是你松本君吧?"

"指的什么?"

"别装糊涂!什么二年四班的罗密欧啦……白血病?头发掉了,瘦得看不出原来面容啦,你可真会扯谎。"

"一开始不是表扬了么?"

"虚弱的娜乌西卡!"她长长叹了口气,"喂,松本君,对我怎么写都无所谓。不过世上可是有人实际上受病痛折磨的吧,就算是开玩笑,我也不喜欢拿这些人博取同情。"

对亚纪这种讲大道理的说法我有些反感。不过相比之下,更对她的气恼怀有好感,觉得仿佛有一阵清风从胸间吹过。那阵风吹来了对亚纪的喜欢,同时吹来了对于第一次把她看成异性的自己本身的满足感。

---

① West Side Story,美国音乐喜剧,1957 年首演,1961 年拍成电影。《罗密欧与朱丽叶》的现代版。

4

　　初中三年时又不同班了。但由于两人仍当年级委员，在放学后的委员会上，一周有一次见面机会。而且大约从第一学期期末开始，亚纪时不时来图书馆学习。放暑假几乎每天都来。市里体育运动会结束后因为没有训练活动，我也比以前更卖力气地在图书馆打工挣钱。

　　此外因为准备考高中，整个上午都在有冷气的阅览室看书。这样，见面机会自然多了。见面时或一同做功课，或休息时吃着冰淇淋交谈。

　　"好像没紧张感啊！"我说，"大好的暑假，却一点也学不进去。"

　　"你不那么用功不也在安全线以内么！"

　　"不是那个问题。近来看《牛顿》，上面说公历两千年前后小行星要撞击地球，生态系统将变得一塌糊涂。"

　　"唔。"亚纪用舌尖舔着冰淇淋漫不经心地附和道。

　　"光'唔'怎么行！"我一本正经起来，"臭氧层年年受到破坏，热带雨林也在减少。这样下去，到我们成为老头儿老太太的时候，地球上已住不得生物了。"

　　"不得了啊。"

"口说不得了，根本没有不得了的样子嘛！"

"对不起。"她说，"总是上不来实感。你有那样的实感？"

"不用那么道歉。"

"没有的吧？"

"再没有实感，那一天迟早也要到来的。"

"到来时再说好了。"

给亚纪那么一说，我也觉得那样未尝不可。

"那么遥远的事情，现在想也没有用嘛。"

"十年以后……"

"我们二十五岁。"亚纪做出远望的眼神，"不过，在那之前不知会变成什么样，你也好我也好。"

我蓦然想起城山的绣球花。那以来应该开了两次了，可两人还没去看过。每天这个那个有很多事发生，绣球花之类早忘到九霄云外去了。亚纪想必也是同样。而且，就算小行星撞击地球就算臭氧层受到破坏，她也觉得城山的绣球花也还是会在公历两千年的初夏开放。所以不着急去看也没什么，反正想看什么时候都可以看。

如此一来二去，暑假过去了。我在依然担忧未来地球环境时间里，背了什么"杀尽日耳曼民族"什么"飞黄腾达的克伦威尔①"，解了什么联立方程式什么二次函数。有时跟父亲

———————

① Oliver Cromwell(1599～1658)，英国政治家。统率铁骑军参加清教徒革命，屡立战功。1649年处死国王查理一世，1653年开始自任护国王。

一起钓鱼。还买了新 CD。并且同亚纪吃着冰淇淋聊天。

"阿朔。"突然给她这么叫时,我竟至把嘴里溶化的冰淇淋一口吞了下去。

"什么呀,风风火火的!"

"你母亲经常这么叫你的吧?"亚纪笑眯眯地说。

"你不是我母亲对吧?"

"可我决定了:从今往后我也把你叫阿朔。"

"别那么随便决定好不好?"

"已经决定了。"

这么着,我的事什么都给亚纪决定下来,以致我最后弄不清自己是什么人了。

第二学期开始不久,中午休息时她突然拿一本笔记本出现在我面前。

"给,这个。"她把笔记本往桌上一放。

"什么呀,这?"

"交换日记。"

"嗬。"

"你不知道吧?"

我边扫视周围边说:

"在学校里不来这个可好?"

"你父母大概没做过吧。"

我说的话不知她到底听见没有。

"这个嘛,是男孩和女孩把当天发生的事、想的和感觉到的写在本子上交换。"

"那么啰嗦的事我做不来。班上没有合适的家伙?"

"不是谁都可以的吧?"亚纪看样子有点生气。

"可这东西还是要用圆珠笔或钢笔写才成吧?"

"或彩色铅笔。"

"电话不行?"

看来不行。她双手背在身后,交替看我的脸和笔记本。无意间正要翻笔记本,亚纪慌忙按住。

"回家再看。这是交换日记的规则。"

最初一页是自我介绍:出生年月日、星座、血型、爱好、喜欢的食物、中意的颜色、性格分析。旁边一页用彩色铅笔画一个大约是她本人的女孩儿。三围尺寸那里写道"秘密"、"秘密"、"秘密"。我盯视打开的日记,嘀咕道:"伤脑筋啊!"

初三圣诞节时,亚纪的班主任老师去世了。第一学期精精神神参加修学旅行来着,可第二学期开学后一直没来学校。身体不好这点倒是不时听亚纪提起,似乎是癌。年龄刚交五十或没到五十。期末休业式第二天举行葬礼,亚纪全班和三年级男女年级委员参加了。学生人多无法进入大殿,站在院子里参加告别仪式。那是个阴冷阴冷的日子,和尚们的念经仿佛永远持续下去。我们紧紧挤在一起,设法不冻死在这寒冷的寺院内。

葬礼终于结束,进入告别仪式。校长等几个人念悼词。其中一人是亚纪。我们不再往一起挤,侧耳倾听。她以沉着的语声往下念着。中间没有泣不成声。当然,我们听到的不是她的自然嗓音,而是通过扩音器在院内播放的 SN 比①极差的声音,但马上即可听出那是亚纪的声音。由于带有悲伤,听起来格外成熟。我多少有一点怅惘——她扔下永远幼稚的我们,一个人跑去前面了。

　　在这种类似焦躁的情绪的驱使下,我在一排葬礼参加者的脑袋的对面搜寻亚纪。目光在会场前后左右移动,终于在设于大殿入口的立式麦克风前捕捉到了略微低头念悼词的亚纪。那一瞬间我仿佛恍然大悟:身穿早已熟悉的校服的她,从这里望去判若两人。不,那确确实实是亚纪,却又存在决定性差异。她念的内容几乎没有入耳,我只是目不转睛盯视她那看上去离得很远的身影。

　　"到底是广濑啊!"旁边站的一个人说。

　　"那家伙真够胆量,表面倒看不出。"另一个人附和。

　　这时,满天乌云裂开一道缝,灿烂的阳光射进寺院。阳光也照在继续念悼词的亚纪身上,使得她的身影从昏暗的大殿阴影中清晰浮现出来。啊,那就是自己认识的亚纪、同自己交换充满孩子气的日记的亚纪、像招呼儿时朋友那样把自己叫"阿朔"的亚纪。由于平时近在身旁反而变成透明存在

---

　　①　signal－to－noise ratio,电输入输出信号同杂音之比。

的她,此时正作为开始成熟的一个女人站在那里。一如扔在桌面的矿石晶体因了注视角度而突然大放异彩。

　　突然,一股想扑上前去的冲动朝我袭来。伴随着体内鼓涌的欢欣,我第一次意识到自己是对她怀有爱恋之情的男生之一。我得以切切实实理解了同学们时隐时现的嫉妒。不止如此,此刻我甚至嫉妒自己本身,嫉妒轻而易举地获得同亚纪在一起的幸运的自己,嫉妒随随便便同她度过亲密时光的自己,嫉妒得胸口深处有些发酸。

5

从初中毕业的我们在高中重新分在一个班。那时我对亚纪的爱恋之情已经不容怀疑了。对她的爱恋，是和我就是我这点同样不言而喻的事。倘若有谁问我"你是喜欢广濑吧"，我肯定装疯卖傻：瞧你说的什么呀，现在！自习时间以外的课座位是自由的，所以总是桌挨桌坐在一起。毕竟是高中，对要好男女的亲密交往再没有同学奚落或嫉妒了。我们的存在一如教室的黑板和花瓶，正同日常景致融为一体。反倒是教师方面进行幼稚的干涉："够亲热的哟！"我嘴上客客气气应一句"托您的福"，而心里赌气道"乱管闲事"。

四月开始的《竹取物语》①讲读已入佳境。为保护香具娘不被月亮的使者领走，帝派兵把竹取翁的房子团团围住。可是香具娘仍被领走，剩下来唯有帝和长生不老药。但帝不想在没有香具娘的世界上长生不老，于是命令在距月亮最近的山顶把药烧掉。故事在讲述富士山由来那里，静静落下帷幕。

---

① 日本第一部以假名（日文字母）写的物语（章回小说）。砍竹翁从竹中得一女，名香具娘，长成后有五名贵公子和帝王求婚，最后升天奔向月亮。

亚纪一边倾听老师讲解作品背景，一边把眼睛盯在课本上不动，似乎在心里回味刚刚读完的这个故事。前面头发垂下来，挡住形状娇好的鼻梁。我看她藏在秀发里的耳朵，又看那微微翘起的嘴唇，哪一个都以人手绝对画不出的微妙线条勾勒成形。静静注视之间，不由为那一切都收敛于亚纪这一少女身上深觉不可思议。而那么美丽的少女居然把情思放在我身上。

突然，一个可怕的固执念头俘获了我——即使长命百岁，也不可能再有比这更幸福的幸福。我所能做的，只有永远珍惜和保有这幸福而已。我觉得自己到手的幸福十分虚无缥缈。倘若赋予每个人的幸福的量早已定下，那么我很有可能在这一瞬间把一生的幸福挥霍一空。她迟早将被月亮的使者领走，剩下来唯独长生不老般漫长的时间。

回过神时，发现亚纪正往我这边看。想必我的表情相当严肃，她刚刚漾开的微笑当即黯淡下来。

"怎么了？"

我笨拙地摇一下头：

"没什么。"

下了课，每天一起回家。从学校到家的路尽可能慢走，有时绕远路来延长时间。即使这样，也还是转眼之间就来到岔路口。莫名其妙。同一条路一个人走觉得又长又单调；而两个人边聊边走，就很想一直走下去。塞满课本和参考书的书包的重量也不觉难受。

　　我们的人生或许也是同样,好几年后我这样想道。一个人活着的人生,感觉上漫长而又枯燥;而若同喜欢的人在一起,一忽儿就来到岔路口。

6

祖母去世后,祖父在我家住了一段时间。前面也写了,他说房子不适于老年人居住,开始一个人在公寓里生活。本来就是农民出身,到祖父的父亲那代似乎成了相当大的地主。但由于农地改革,世家没落了,作为后嗣的祖父来东京投身于实业界。趁战败混乱之机赚了笔钱,回乡下后三十刚出头就创办了食品加工公司。和祖母结婚后生下父亲。据母亲讲,祖父的公司乘经济起飞的强风顺利发展壮大,祖父一家过上即使在旁人眼里也显而易见的富裕生活。不料,父亲高中毕业后,祖父把好不容易做大的公司爽快地让给部下,自己参加竞选当了议员。往下一连当了十多年议员,资产也大部分用作竞选资金消耗掉了。祖母去世的时候除了房子已没有像样的财产了。不久祖父从政界也退下来,如今一个人悠然自得地打发时光。

从上初中开始,我就不时以做慈善事业的念头跑去祖父公寓那里,给他讲学校的事,或者边看电视上的相扑边喝啤酒。有时候祖父也讲他年轻时的事。祖父十七八岁时有个心上人却因故未能走在一起的故事也是那时候讲起的。

"她有肺病。"祖父一如往常一小口一小口啜着波尔多干红说道,"如今结核什么的吃药马上就好,但当时只能吃有营养的东西。在空气新鲜的地方静静躺着。那时候的女人,不相当壮实是无法忍受婚姻生活的。毕竟是家用电器一概没有的时代。做饭也好洗衣服也好,都是现在无法想像的重活。何况我和当时的年轻人一样,一心要把自己的生命献给国家。即使再互相喜欢,也绝不能结婚的。这点两人都清楚。艰苦岁月啊!"

"往后怎么样了?"我喝着易拉罐啤酒问。

"我被抓去当兵,被迫过了好几年兵营生活。"祖父继续下文,"没以为会活着见第二次。以为当兵期间她会死掉,自己也不会活着回来。所以分别时互相发誓至少来世朝夕相守。"祖父停顿下来,眼神仿佛眺望远方摇曳不定。"可是命运这东西真是啼笑皆非。战争结束回去一看,两人都活了下来。以为没有将来的时候居然清心寡欲,而一想到来日方长,欲望就又上来了。我横竖要和她在一起,所以想赚钱。因为只要有了钱,结核也好什么也好,都能娶了她把她养活下来。"

"所以来到东京?"

祖父点头。"东京还差不多是一片焦土。"祖父继续道,"粮食最紧张不过,通货膨胀也够要命。在近乎无法状态的情况下,人们全都营养失调,离死只差半步,眼睛放着凶光。我也拼死拼活设法赚钱。寡廉鲜耻的勾当也没少干。杀人固然没有,但此外差不多什么事都干了。不料,在我这么起早贪黑干活时间里,结核特效药开发出来了——链霉素那玩意儿。"

"名称听说过。"

"结果,她的病治好了。"

"治好了?"

"好了,治好了是好。可是病治好了,就意味可以出嫁了。理所当然,父母要趁女儿还年轻时嫁出去。"

"你呢?"

"人家没看上。"

"为什么?"

"做乱七八糟的买卖嘛,再说又蹲过班房。她父母对此好像早已了解。"

"可你不是为了和那个人在一起才那样的么?"

"那是我这方面的道理,可对方不那样认为,还是想把女儿嫁给本分人。大概是当小学老师或干什么的。"

"一塌糊涂!"

"就是那样的时代嘛!"祖父低声笑道,"以现在的感觉说来是好像荒唐,但那时孩子无论如何也不敢违抗父母的。更何况年纪轻轻一直闹病、成为父母负担的大户人家女儿更不敢拒绝父母选中的对象,而说出想和别的男人在一起那样的话来。"

"后来怎么样了?"

"她出嫁了。我和你奶奶结婚,生了你父亲。不过那家伙也真够有主意的了。"

"问题更在于你,死心塌地了? 对她?"

"自以为死心塌地来着。以为对方也会那样。毕竟世上有缘无分的事情是有的。"

"可你没有死心塌地吧?"

祖父眯细眼睛,以估价的眼神看我的脸。良久开口道:"下文另找时间说吧,等你再长大一点之后。"

祖父愿意继续下文,已是我上高中后的事了。高一暑假结束刚进入第二学期的时候,我放学回来顺路去祖父的寓所,像以往那样边看电视上的大相扑直播边喝啤酒。

"不吃了饭再回去?"相扑比赛一完,祖父问道。

"不了,母亲做好等着呢。"

拒绝祖父的招待是有缘故的。他的晚饭食谱几乎全是罐头。什么咸牛肉啦什么牛肉"大和煮①"啦什么烤沙丁鱼串啦……青菜也无非是罐头龙须菜罢了,大酱汤也是速食的。祖父天天吃这种东西。偶尔母亲来做一顿或去我家吃,但基本上靠吃罐头活着。依本人说法,老年人不考虑什么营养,关键是一定的时间吃一定的东西。

"今天倒是想要个鳗鱼什么的。"正要回去时祖父说道。

"为什么?"

---

①　用酱油、砂糖、料酒、生姜加调味液煮的牛肉。

"什么为什么？没有不能吃鳗鱼的道理嘛！"

祖父打个电话。等待两人份的鳗鱼送来时间里，我们喝着啤酒——又喝了一瓶——看电视。祖父像往次那样开了一瓶葡萄酒，放在那里三十分钟或一个小时，晚饭后再喝。两天喝一瓶波尔多干红的习惯也和在我家生活时一样。

"今天有事相求啊。"祖父一边喝啤酒一边一本正经地说。

"有事相求?"在鳗鱼诱惑下留下来的我开始无端怀有一种不快的预感。

"唔,说起来话长。"

祖父从厨房里拿来橄榄油沙丁鱼。当然又是罐头。正抓着橄榄油沙丁鱼喝啤酒,鳗鱼送来了。吃罢鳗鱼、喝罢鳗鱼肝汤,祖父的话仍没说完。我们开始喝葡萄酒。长此以往,到二十岁肯定沦为不可救药的酒精依赖者。我的身体里大概有很多酒精分解酵素,喝一点点不会醉。无论如何看不出是吃一口奈良咸菜心里就不舒服的男孩。

祖父的长话终于说完时,一整瓶波尔多干红差不多空了。

"你酒量也好像大了。"祖父满意地说。

"爷爷的孙子嘛！"

"可你父亲是我的儿子,却滴酒不沾。"

"怕是隔代遗传吧。"

"果然。"祖父造作地点点头,"对了,刚才的事你可答应了?"

7

　　第二天醉意未消,头痛,三角函数和间接引语之类根本无从谈起。整个上午好歹用课本挡住脸强忍没吐。熬过第四节体育课,总算恢复常态。盒饭是在院子里和亚纪一起吃的。看喷泉水花时间里,心情又像要变得难受,于是移动凳子,背对水池坐着。我对亚纪讲了昨晚刚从祖父口中听来的故事。

　　"那,你爷爷一直想着那个人?"亚纪眼睛好像有点湿润。

　　"是那样的吧。"我以不无复杂的心境点了下头,"倒是想忘,却忘不掉,好像。"

　　"那个人也没能忘记你的爷爷。"

　　"异常吧?"

　　"为什么?"

　　"为什么? 都半个世纪了! 物种的进化都可能发生。"

　　"那么长时间里心里始终互相装着一个人,不是太难得了?"亚纪几乎一副心已不在这里的神情。

　　"所有生物都要老的,生殖细胞以外的任何细胞都不能免于老化。你亚纪脸上也要慢慢爬上皱纹。"

　　"想说什么呢?"

"相识的时候哪怕才二十岁,五十年过去也七十了。"

"所以说?"

"所以说……一门心思地思念七十岁的老太婆,不是够让人怃然的?"

"我倒认为难能可贵。"亚纪冷冷地说,像是有点生气了。

"那么,时不时要去一次旅馆喽?"

"别说了!"亚纪以严厉的眼神瞪视我。

"那种事我爷爷可是干得出来的哟。"

"你莫不是也干得出来?"

"不,那不一样。"

"一样!"

争辩不欢而散。下午理科课堂上仍没休战。生物老师说人的 DNA[①] 有百分之九十八点四同黑猩猩相同。二者遗传因子的差异比黑猩猩和大猩猩的还小。所以,最接近黑猩猩的,不是大猩猩,而是我们人类。全班听得笑了。有什么好笑的? 一群混账!

我和亚纪坐在教室后面,仍就祖父的事说个不停。

"这样子,还应该算是婚外情吧?"我提出一个重大疑问。

"纯爱嘛,还用说!"亚纪当即反驳。

"可爷爷也好对方也好都是有妻子或丈夫的哟!"

她思索片刻。"从太太或先生看来是婚外情,但对两人

---

① Deoxyribonucleic acid 之略,脱氧核糖核酸。

来说是纯爱。"

"因为立场不同，有时是婚外情有时是纯爱？"

"我认为是标准不同。"

"怎么不同？"

"婚外情这东西，说到底是只适用于社会的概念，因时代不同而不同。若是一夫多妻制社会，又另当别论。不过五十年都始终思念一个人，我想是超越文化和历史的。"

"物种也超越？"

"哦？"

"黑猩猩也会思念一只母的长达五十年？"

"这——，黑猩猩我不知道。"

"就是说，纯爱比婚外情伟大。"

"这和伟大不太一样。"

交谈正入佳境，老师的声音扑来："你们两个，一直交头接耳！"结果，被罚站在教室后面。霸道！允许讲人与黑猩猩有可能交配，却不允许讲超越岁月的男女恋爱！被罚站的我们继续小声讲我的祖父。

"相信来世？"

"何苦问这个？"

"因为爷爷发誓来世和心上人朝夕相守。"

亚纪想了一会说："我不相信。"

"每天睡觉前祈祷的吧？"

"神我相信。"她斩钉截铁地回答。

"神和来世有什么区别?"

"你不觉得来世像是根据今世造出来的?"

我就此稍加思索。

"那么爷爷和那个人来世也不能在一起了?"

"我只是说我相信不相信。"亚纪辩解似的说,"你爷爷和那个人也许另有想法。"

"神是有可能根据今世情况制造出来的。不是有急时抱佛脚这句话嘛。"

"那肯定和我的神不同。"

"神有好几个,还是说有好几种?"

"天国可以不敬畏,但神是要敬畏的。对于让我怀有如此心情的神,我天天晚上祈祷。"

"祈祷别降天罚于自己?"

我们终于被带到走廊里。在走廊也不屈不挠地讲天国讲神。讲着讲着下课了。两人都被叫去教员室,被生物老师和班主任分别刮了一顿:两人要好自然不坏,但课堂上要专心听课才是。

走出学校正门时已近黄昏。我们默默朝大名庭园那边走去。路上有运动场和博物馆,还有一家叫城下町的饮食店。放学回来进过一次,但咖啡不好喝,再没进过。走过式样古老的酒铺,来到流经城区的小河旁。过了桥,亚纪终于开口了。

"归根结底,两人未能在一起吧,"她以返回前面话题的语气说,"尽管等了五十年。"

"好像打算等对方的丈夫死后在一起来着。"我也在想祖父的事,"因为奶奶去世后,爷爷一直一个人生活。"

"多长时间?"

"已经十年了。但是对方那里,当事人比丈夫先死的,没能如愿。"

"够伤感的啊!"

"也觉得有些滑稽。"

交谈中断。我们继续走路,头比往日垂得更低。走过蔬菜店和榻榻米店,再拐过理发店,很快就是亚纪的家。

"阿朔,你就帮帮忙嘛!"她像意识到路已所剩无多似的说道。

"说起来容易,那可是掘人家的墓哟!"

"有点儿怕?"

"岂止有点儿。"

"那种事你干不来啊。"

笑。

"干嘛这么高兴?"

"哪里。"

她家出现了。我将向右拐去前面一条路,穿过国道回自己的家。到那里还有五十米。双方都不由放慢脚步,差不多等于站住说话。

"做那种事,到底是犯罪吧?"我说。

"那么严重?"她困惑似的扬起脸。

"还不理所当然!"

"算什么罪呢?"

"当然是性犯罪。"

"瞎说!"

一笑,她垂在肩上的秀发轻轻摇曳,衬衫更显得白了。两人拉长的身影上面一半弯曲了,映在稍前面一点的混凝土预制块围墙上。

"反正被发现就要受停学处理。"

"那时我去玩就是。"

莫非她在给我打气?

"够乐观的,你总那么乐观。"我叹息着自言自语。

8

　　我对父母说住在祖父那里。那是周六晚上。晚饭要的是送上门的寿司。祖父咬了咬牙,要了"松"①。尽管如此,我甚至吃不出金枪鱼最肥嫩部位和海胆的区别。鲍鱼吃起来好像硬橡皮。这天没有啤酒也没有波尔多干红,我们一边看电视棒球比赛直播一边喝茶,然后喝咖啡。比赛当中直播时间结束。

　　"该动身了。"祖父说。

　　那个人的墓在城东郊外,位于祭祀藩主夫人的寺院里面。在寺院附近下了出租车。这一带在山脚下,夏季缺水时最先停水。虽然时值九月,晚间的空气已凉浸浸的。

　　穿过通向大殿的石阶旁边的小山门,一条红土路往墓地笔直伸去。左边是涂白的墙壁。对面像是僧房,但悄无声息,只一个仿佛厕所窗口的地方透出隐约一点光亮。右边是可以追溯到幕藩时代的古墓。倾斜的塔形木牌和缺角的墓碑在月光下浮现出来。山坡生长的杉和丝柏等古木遮蔽了土路上方,几乎看不见天空。沿这条路径直走到尽头,即是

---

　　① 　寿司大约分"松、竹、梅"三级,松为最高级。

藩主夫人的墓地。好几块或立方体或球形或圆锥形等形状各异的墓碑在黑暗中闪入眼帘。我们从左侧迂回,继续往墓地深处走去。倒是带了小手电筒,但怕寺里的人生疑,只靠月光前行。

"哪边啊?"我问走在前头的祖父。

"再往前。"

"去过?"

"啊。"祖父只此一声。

到底有多少墓在这里呢？徐缓的山谷斜坡上差不多全是墓碑。一座墓里的骨灰又未必是一个人的。假如平均收有两三个人的骨灰,就根本推测不出整片墓地埋葬多少死者。白天的墓地倒是去过好几次,而这种时刻来墓地则是头一遭。夜间的墓地和白天的不同,可以明显感觉出死者的动静或喘息那样的东西。往头上看,遮天蔽日的巨木枝梢有几只蝙蝠飞来飞去。

突然,倾珠泻玉般的星空朝眼睛扑来。我不由看得出神,结果撞在祖父背上。

"这里?"

"这里。"

看上去没有任何特殊。墓碑大小一般,也旧得差不多了。

"怎么办?"

"先参拜吧。"

前来盗墓却要参拜也够蹊跷的了。正想之间,祖父点燃身上的香供好,在墓碑前肃然合掌,一动不动。无奈,我也伫立在祖父身后双手合十。姑且当作对进入坟墓的所有死者的礼节。

"好了,"祖父说,"先把这个拿开。"

两人把刚刚上香的石香炉抱去一边。

"用手电筒照着!"

香炉后是嵌入式石座。祖父把带来的螺丝刀插进石与石之间的缝隙,这里那里撬了好几次。于是,石座一点点朝前移出。最后祖父伸直十指,把石座慢慢挪开。里面的石室相当宽敞,有长度,也够深。看样子一个人完全可以弓身进去。

"把那个给我!"

祖父接过我的手电筒,趴下去把上半身探进石室。我从上面压住祖父后膝,以免他掉进洞去。祖父窸窸窣窣鼓捣了一会儿,把手电筒递给我,双手小心捧出一个腌梅干那样的瓷罐。我不声不响地看着。祖父用手电筒光确认罐底姓名,然后解下上面的绳子,慢慢打开盖。里面当然有骨灰。如此过去很长时间。我叫一声"爷爷"的时候,发觉祖父的双肩在月光中微微颤抖。

祖父把骨灰罐里的骨灰只抓出一点点放进早已准备好的小桐木盒里。量很少!真想说好不容易来一次,痛痛快快拿个够多好!祖父往骨灰罐里怔怔看了一会儿,然后把罐放回墓穴。石座是我挪回的,上面到处留有祖父用螺丝刀划伤的痕迹。

乘出租车返回公寓时,已经快十二点了。我们用冰镇啤酒碰杯。伴随奇妙的成就感,生出一种无可捕捉的惆怅。

"今天麻烦你到这么晚。"祖父郑重其事地说。

"没关系。"我一边往祖父半空的杯里倒啤酒一边谦虚道,"就算没有我,爷爷您一个人也完全做得来的。"

祖父嘴唇轻轻碰了下杯口,以凝视远方的神情思考什么。稍顷站起身,从书架取出一本书。

"你学汉诗了吧?"祖父翻开古色古香的书页,"念念这首诗。"

名为"葛生"。汉文下面标有日语译文,我往那上面扫了一眼。

"知道什么诗?"

"意思说死了进入同一座墓吧?"

"夏日冬夜百岁后……"祖父默然点头,背诵诗的最后部分:"悠悠夏日,漫漫冬夜,你在这里安睡。百岁之后,我也将睡在你身旁——放心地等待那一天到来吧……怕是这个意思吧?"

"反正是说喜欢的人死了。"

"虽说好像进步不小,但人的心情这东西,在内心深处或许并没多大变化。这首诗是距今两千年前甚至两千多年前写的——是你在学校学的绝句和律诗那种工整形式还没形成的很久很久以前的古诗。可是写这首诗的人的心情现在的我们也能感同身受。我想即使没有学问和教养也都能体会到,无论谁。"

茶几上放着一个小桐木盒。不知道的人见了,肯定以为装的是脐带或勋章什么的,总觉得有点儿奇妙。

"这个你带回去。"突然,祖父冒出这么一句,"我死的时候,和这骨灰一起撒了。"

"等等、等等!"我大吃一惊。

"把差不多同样分量的我的骨灰和这个人的骨灰混在一起,撒在你喜欢的地方。"祖父像立遗嘱一样重复道。

我这才觉察到祖父的心计。仅仅偷骨灰,独自一个人偷偷实行即可。而所以特意把计划如实告诉我这个孙子并让我作为同案犯一起参与,是有其缘由的。

"记住,这可是约定!"祖父叮嘱道。

"这样的约定我做不来。"我慌忙说。

"你就答应一个可怜的老人的请求吧!"声音明显带有哭腔。

"叫我答应,可我怎么答应呢!"

"那还不容易!"

现在我想起来了,想起父亲不时对母亲发牢骚说祖父一向任性。是的,祖父是够任性的,是为了自己的欲望而不惜给别人添麻烦那一类型。

"那么重要的事托付我这样的能行?"我设法让祖父改变主意。

"你叫我托付谁呢?"老年人固执己见。

"我父亲呀!"我温和地规劝,"他终究是爷爷的儿子。我想他一定作为亲人代表主持你的葬礼。"

"那个不开窍的脑袋不会理解我们的心情。"

"我们……?"我一时怔住。

"反正我和你对脾性。"祖父一口气说下去,"若是你,我想一定理解这种做法,我一直等你长大来着。"

原来一切从吃鳗鱼饭那天夜里就开始了。不,那以前就已经在暗地里巧妙地活动开了。从我懂事时开始,祖父就为这一天训练和开导自己的孙子。如此想来,自己成了落在光源氏手里的若紫①。

"说到底,爷爷什么时候死呢?"无奈之中,我的语声冷淡起来。

"那要看什么时候到寿。"对方似乎毫不计较我语声的变化。

"所以问什么时候嘛。"

"所谓寿命就是因为不知什么时候。知道了,就成了计划。"

"既然那样,我就不晓得您死的时候我能不能守在身旁

---

①　光源氏、若紫,均为《源氏物语》中的出场人物。

了。火葬时不在场,骨灰也就撒不成。"

"那种情况下,就还像今晚这样盗墓即可。"

"你还叫我干这种事?"

"拜托了!"祖父以陡然急切的声音说,"能托付这种事的只有你。"

"你是那么说……"

"跟你说朔太郎,喜欢的人死掉是很伤心的事。这个感情用什么形式都是表达不了的。正因为用形式表达不了才求助于形式。刚才那首诗中不也说了么,分别虽然难过,但还会在一起的。你就不能成全我们这个心思?"

本来我这人就富有敬老精神,何况祖父用的"我们"这个复数也钻了我的空子。

"明白了。"我老大不情愿地说,"反正撒就是了。"

"肯成全老人的心愿?"祖父顿时满面生辉。

"又有什么办法呢?!"

"抱歉。"祖父温顺地低下眼睛。

"不过,虽说叫我撒在自己喜欢的地方,可那不好办,你得预先指定好位置。"

"那个么,指定也未尝不可。"祖父略微现出沉思的神色,"问题是不知到我死的时候那地方会怎么样。就算叫你撒在哪里的树下,十年后也说不定被高速公路压住。"

"那时候再改不就行了?"

祖父考虑一会儿说:"还是交给你吧,你用良知判断就是。"

"所以说那样子不好办么。那么,大致即可——海啦山啦天空啦,哪方面好?"

"噢,还是海好吧。"

"海对吧?"

"不过水太脏了我不乐意。"

"噢,明白了,找干净地方撒。"

"且慢。马上给海潮冲得七零八落可不成。"

"那也倒是。"

"还是山上合适。"

"山对吧?"

"要挑不至于被开发的地方。"

"明白了,撒在人迹罕至的很高的地方。"

"附近有野草再好不过。"

"野草对吧?"

"那个人喜欢紫花地丁。"

我抱臂定睛注视祖父。

"怎么?"

"要求是不是太具体了?"

"啊,抱歉。"祖父凄然移开目光,"希望你原谅,权当老年人的任性。"

我大大喟叹一声,大得祖父都能听见。

"撒在没什么人来的、有野紫花地丁的山里总可以了吧?"

　　"我说,你莫不是有点儿应付了事?"

　　"那不会。"

　　"不会就好。"

9

翌日上午一到家我就给亚纪打电话,问能不能见面。她说下午已有安排,晚上问题不大。于是定于五点钟相见。

距两家大体同样距离的地方有座神社。从我家去,沿河边路往南大约走五百米,过了桥是正面大牌坊。穿过灰尘迷蒙的裸土停车场,一条长石阶一直通到小山的山腰。登罢石阶就是神社,从那里可以看见东面一条小路。路从住宅区中间穿过伸往国道。过得警察署前面的信号灯,往里拐进一点点就是亚纪的家。我喜欢提前一点来到见面场所,从神社院内看她走来。哪怕早看见一点点都让我高兴。

亚纪不知道我在看她,略微弓着身子登自行车。在东侧登山口放下自行车后,沿着不同于我刚才登的一条窄石阶小跑上山。

"晚了,对不起。"她喘着粗气说。

"何必跑呢!"

"没多少时间了。"说着,她长长呼了口气。

"有什么安排?"我看了眼手表问。

"没有。洗完澡吃饭罢了。"

"那不是有时间的么?"

"晚上了。"

"往下打算做什么?"

"瞧你,"亚纪笑道,"不是你吗,叫我出来的?"

"占不了多少时间的。"

"那,不着急就好了。"

"所以刚才不是说了嘛。"

"反正先坐下吧。"

我们在亚纪爬上来的石阶的最上头坐下。街市在眼前铺展。不知从哪里随风飘来桂花香。

"什么事?"

"东边的天空已经暗了。"

"哦?"

"今晚两人看 UFO①。"

"什么呀!"

"这个。"

我从夹克口袋里掏出那个小盒。盒上缠着粗橡皮筋,以防盒盖打开。亚纪也许猜出装的什么,样子有点畏缩。

"取来了?"

我默然点头。

"什么时候?"

"昨晚。"

---

① unidentified flying object 之略。不明飞行物,飞碟。

拉下橡皮筋,轻开盒盖,盒底现出泛白的骨屑。亚纪又一次往盒里窥视。

"够少的了。"

"爷爷他客气起来了,只取这一点点。不知是出于谨慎还是胆小。"

她没注意听我的话,问道:"这么宝贵的东西干嘛你带着?"

"保管。爷爷叫我在他死的时候把两人的骨灰混起来撒在哪里。"

"遗嘱?"

"算是吧。"我讲了祖父中意的汉诗,"意思是想死后同穴。"

"同穴?"

"就是死了进入同一座墓。若不以为两人迟早又在一起,失去所爱之人的心情就很难平复。爷爷说这种心思大概是万占不易的。"

"既然那样,不同墓能行么?"

"啊,爷爷和那个人大体属于婚外情,同墓恐怕还是不稳妥的吧,就想出个撒骨灰这个权宜之计。对我可是一场麻烦。"

"不是好事么?"

"那么想在一起,干脆吃进肚里不就得了!"

"吃骨灰?"

"又含钙。"

亚纪浅浅一笑。

"我死了,你肯吃我的骨灰?"

"是想吃。"

"不干。"

"干也好不干也好,死了是奈何不得的么。我就像昨晚那样盗墓,把亚纪的骨灰取出来,每晚只吃一点点……健康妙法。"

她又笑了。又突然止住笑,以仿佛凝望远方的眼神道:"我也还是希望撒在一处风景漂亮的地方啊。"

"坟墓么,总像是黑乎乎湿漉漉的。"

"倒不是要说得那么具体。"

两人没再笑,安静下来,话语就此中断。我们出神地盯视小盒。

"心里不舒服?"

"哪里,"她摇摇头,"一点儿也不。"

"保管这东西一开始很不痛快,可两人这么看起来,心情好像沉静下来了。"

"我也是。"

"不可思议。"

日已西沉,四下开始变暗。一个穿白裙裤俨然神社主祭的人沿石阶上来,我们道了声"您好"。他也以粗重的语声回了一句。

"做什么呢?"他微笑着问。

"啊,没做什么。"我应道。

"盖上盒盖吧。"主祭不见了之后,亚纪说。

我往盒上缠了橡皮筋,放进夹克口袋。她看了一会儿鼓起的衣袋,然后仰脸看天。

"星星出来了。"她说,"近来你不觉得星星漂亮?"

"氟利昂的关系。臭氧层受到破坏,空气稀薄了,所以星星看得清楚。"

"是吗?"

我们默默看了一会儿夜空。

"UFO 没出现啊。"我说。

亚纪不无困惑地笑了。

"往回走吧!"

"嗯。"她轻轻点头。

就在空中最后一线光亮消失那一瞬间,我们接了吻。四日对视,默契达成,意识到时唇已贴在 起了。亚纪的嘴唇带有落叶味儿。也可能是主祭在神社院里焚烧落叶时的气味儿。她的手从衣袋外面碰在小盒上,再次把嘴唇用力压来。落叶味儿更强了。

第 二 章

1

从电冰箱拿出可乐,站着喝了。窗外横亘着红色的沙漠。沙漠每一天都有新的一年转来。白天赤日炎炎,晚间却能把人冻僵,以二十四小时为周期重复着没有春与秋的四季。

房间冷气开得太大,较之凉,更近乎冷了。一下子很难相信一层玻璃窗之隔的外面铺展的是超过五十度的大地。我久久望着沙漠。宾馆四周诚然绿油油长着犹如柳树的桉树,也有草——尽管稀稀拉拉——但再往前什么也没有。因为没有东西隔阻,视线无休无止地延伸开去,再也无法收回。

亚纪的父母乘观光大巴去看沙漠了。说要替女儿看她未能看到的景致。也劝我去来着,但我一个人留在了宾馆里。没心绪观光。现在所看的,是她没看的东西。不曾看过,以后也绝无看的机会。这里是哪里呢? 我试问自己。当然,作为纬度和经度的交叉点,可以通过地理名称确认这个场所。然而那样做没有任何意义。因为无论这里是哪里,这里都哪里也不是。

看什么都像是沙漠,满目苍翠的山野也好,碧波粼粼的大海也好,人来人往的街道也好。本来是没必要到这样的地方来的。亚纪死了,世界沦为沙漠。她逃去了,逃往世界尽头、尽头的尽头。风和沙将我追赶的脚印抹消。

在宾馆餐厅和换穿常服的游客们吃饭。

"沙漠怎么样?"我问亚纪的父母。

"热啊!"亚纪父亲回答。

"艾尔斯红石①爬了?"

"他这人根本不行。"亚纪母亲代他回答,"比我还没有体力。"

"你可是太有体力了。"

"该戒烟了。"

"我也想戒。"

"戒不了吧?"

"实在很难。"

"肯定是没真心想戒。戒只是口头上的。"

我似听非听地听着亚纪父母的交谈。他们何以能够像常人那样交谈呢?知道他们是为了宽慰我。尽管如此……毕竟亚纪没有了!本该完全无话可说才是。

下了大巴,一座巨大的岩山耸立在眼前。岩石表面如驼峰凹凸不平。好几个连在一起,形成庞然大物。几名游客手扶铁链呈念珠状往山上爬。山的四周到处是风化造成的洞

---

① Ayers Rock,位于澳大利亚,世界最大独体巨岩,周长9公里,高342米。

穴,岩体上有澳大利亚土著人留下的岩画。

　　路陡峭得出乎意料。不一会儿汗就出来了。太阳穴开始跳。头顶相连的岩瘤宛如巨人胳膊上的肌肉块。大约爬了十米,坡度好歹缓了,而出现顶端的起伏。我们翻过几座小山向前赶去。绵绵相连的岩体突然中断,脚下现出刀削般的深谷。透明的阳光几乎直上直下一泻而下,照亮古老的地层。

　　从下面看似乎无风的岩顶风相当大。因此阳光也很强烈,但还不至于忍受不了。向前看去,只见遥远的地面与天空交界处白雾迷蒙,地平线模糊不清。环视四周也全是同样的风景。天空光朗朗的,没有一丝云絮。唯有由深蓝而浅蓝那蓝色的微妙变化统治天空。

　　我们在山麓简易餐馆吃了热得险些把嘴烫伤的肉饼。岩山上方有赛斯奈①飞来。这里无论去哪里都坐飞机。人们从机场赶往机场。沙漠到处可以看见只能认为是抛弃的小型飞机和汽车。在这个大陆,距最近的飞机修理厂一般也要数百公里,出了故障恐怕只能任其朽烂。刚才攀登的岩山就在眼前。圆形岩体的表面交织着无数条很深的褶。

　　"活像人的脑浆。"一个人发表感想。

　　同桌一个正把淋有肉酱汁的碎肉丸放入口中的女孩歇斯底里地叫道:"住嘴!"

---

　　①　Sessna,飞机名。美国 Sessna 小型飞机制造公司制造。

然而亚纪不在这样的交谈中。所以我也不在其中。此刻这里没有我。我已迷路，误入既非过去又非现在、既非生又非死的场所。我不知道自己何以来到这样的地方。意识到时已经在这里了。不知是何人的自己置身于不知是何处的场所。

"不吃点什么?"亚纪母亲问。

亚纪父亲拿过餐桌一端立的食谱递给妻子。她在我面前打开，我也一起窥看。

"沙漠正中怎么会有这么丰富的海鲜可吃呢?"她惊讶地说。

"这里是空运文化嘛。"亚纪父亲答道。

"袋鼠啦水牛什么的可不想吃。"

男侍应生走了过来。由于我回答得不够爽快，两人要了醋渍塔斯马尼亚马哈鱼和岩牡蛎，顺便从葡萄酒单上点了价格适中的白葡萄酒。菜上来前三人都没开口。亚纪父亲给我也斟了一杯葡萄酒。喝葡萄酒时间里，刚才那个男侍应生端来了菜。我向他要水，喉咙干得不行。

我喝一口杯里的水，这时周围的声音突然听不见了，和如水灌耳的感觉也不一样。是声音本身听不见了，彻底无声。说话声也好，刀叉触碰餐具的声音也好，统统一无所闻。说话的亚纪父母只好像嘴唇在动。

不过，谁嚼饼干的声音倒是听见了。声音既像是从远处传来，又似乎近在耳畔。嗑嗤、嗑嗤、嗑嗤……

那时还没以为亚纪病情有多严重。我无法把人的死同我们联系起来考虑。死本应是仅仅和老人们打交道的东西。当然我们也有得病的时候——感冒、受伤等等。但是，死和这些不同。活上好几十年、一点点年老之后才会碰到死。一条笔直延伸的白色的路在远方眩目耀眼的光照中消失不见，不知道再往前会有什么。有人说是"虚无"，但没有人见过。所谓死，就是这么一种东西。

"真想去的啊！"

我把作为修学旅行的礼物买回来的澳大利亚土著人的木雕偶人递给亚纪，亚纪连说谢谢，然后把偶人抱在怀里这样自言自语。

"从小至今，连感冒都几乎没得过。怎么偏偏这时候生病了呢！"

"迟早还会去的。"我安慰道，"到凯恩斯才七个来小时，和乘新干线去东京差不多。"

"那倒也是。"亚纪仍一副不释然的样子，"可我还是想和大家一块儿去的呀！"

我从小超市塑料袋里拿出小食品，是她喜欢吃的布丁和饼干。

"吃？"

"谢谢。"

我们默默吃布丁。吃完布丁吃饼干。停止咀嚼侧耳细

听,可以听见亚纪用前齿嚼饼干的声音:嗑嗤、嗑嗤、嗑嗤、嗑嗤……简直像在嚼我。过了一会儿,我试着说道:

"新婚旅行时去不就行了?"

怅然若失的亚纪回过头,仿佛在说:"哦?"

"去澳大利亚新婚旅行就行了么。"

"是啊!"她心不在焉地随声附和。尔后忽然醒悟过来似的问:"和谁?"

"谁?不是我吗?"

"和阿朔?"她出声地笑了。

"不对?"

"不是不对,"她收住笑声,"只是挺怪的。"

"怪什么?"

"怎好说是新婚旅行呢。"

"怪在哪里?"

"哪里?"

"新婚,还是旅行?"

亚纪想了想说:"还是新婚吧。"

"新婚哪里怪?"

"不清楚。"

我从盒里捏起一块饼干。上面涂的巧克力已经软了——还是那样的季节。

"的确怪。"

"是吧?"

"我和亚纪哪里来的新婚呢!"

"笑死人了。"

"就好像麦当娜说她其实是处女。"

"什么呀,那?"

"不清楚。"

话至此中断。我们像嚼时间一样继续嚼饼干:嗑嗤、嗑嗤、嗑嗤……

一切都恍若过去了很久很久。

2

　季节朝夏天过渡,白天长了起来。我们庆幸天老也不黑,放学回家路上,这里那里到了不少地方。到处是清爽怡人的新绿气息。我们喜欢从经常约会的神社沿河堤一直往上游走去。河滩长满绿草,水面时见鱼跃,黄昏时分响起蛙鸣。时而在没有人影的场所轻轻把嘴碰在一起——便是这个程度的接吻。喜欢这样趁人不注意快速接吻。感觉上好像只掠取世界所赐硕果最甜美的部位。

　那天也在放学路上走去上游后折回。我们坐在神社石阶上,筹划五月连休时的远游。亚纪想去动物园,可城里没有那劳什子。最近的是有飞机场那座地方城市里的动物园,坐电气列车要两个小时,往返四个小时。我觉得近些的海或山也可以,但亚纪对动物园劲头极大,说早些出门岂不就能玩上五个小时。

　"带盒饭去,"她说,"你那份也做出来。那样,饭钱不就省出来了。"

　"谢谢。往下就是车票钱。"

　"可有办法?"

　在图书馆打工挣的工钱倒是有剩。只要忍一忍少买几张 CD,几个旅费总可以抠出来。

"家里没问题?"

"家?"亚纪费解地歪起脑袋。

"打算怎么跟家里说?"

"就是跟阿朔去动物园——直说不就行了?"

倒是那样。不过那么直截了当得到承认,感觉上像去参加小学郊游似的。

"古文里的直截了当①,意思是忽然、暂时什么的吧?"

她惊讶地眯起眼睛:"想什么呢?"

"没想什么。你家里的人是怎么看我的呢?"

"什么怎么?"

"可会作为女儿将来的夫君予以承认?"

"不至于想到那里吧?"

"为什么?"

"为什么? 我们才十六呀。"

"四舍五入,就是二十。"

"瞧你计算的。"

我怔怔望着她从裙子里露出的小腿。暮色中,雪白的长袜分外醒目。

"反正我想早早跟你结婚。"

———————

① 原文为"あからさま",作为现代日语意为"直率、明显",作为古语则为"忽然、暂时"之意。

"我也想。"她淡淡应道。

"想一直在一起。"

"嗯。"

"既然两人都那么想，那为什么不能呢？"

"语气一下子变了嘛！"

我没理会她的品评。"因为什么呢？因为其成立的前提是社会上自立男女双方的自愿。而这样一来，因为有病等原因不能自立的人就不可以结婚。"

"喏喏，又走极端了。"亚纪叹息道。

"社会上自立是怎么回事你可知道？"

她想了想说："就是自己能干活挣钱吧？"

"挣钱是怎么回事？"

"这——"

"那就是：在社会上按自己的能力扮演角色，其报酬就是钱。既然如此，那么具有喜欢一个人能力的人发挥那项能力去喜欢一个人，以此挣钱有什么不好？"

"若不对大家有用恐怕还是不行的吧？"

"我不认为对大家有用的事比喜欢一个人更重要。"

"我可是要把大言不惭地发出这种不现实议论的人作为将来的丈夫的哟！"

"无论表面上说得多么漂亮，绝大多数人其实都认为只要自己好就行。是吧？"我继续道，"只要自己能吃上好东西就行，只要自己能买得起想得到的东西就行。可是喜欢上一个人却是把对方看得比自己宝贵。如果食物只有一点点，我要把自己那份给你亚纪吃；如果钱很有限，我要买亚纪你喜欢的东西而不买自己的；只要你觉得好吃，我的肚子就饱了；只要你高兴，我就高兴。这就是所谓喜欢上一个人。你以为有什么比这更宝贵的？我想不出来。发现自己身上有喜欢上一个人能力的人，我认为比任何诺贝尔奖发明都重要。如果觉察不出或不想觉察这一点，那么人最好消亡，最好撞在行星什么上面早早消失。"

"阿朔，"——亚纪劝慰似的叫我的名字。

"有的家伙脑袋稍微好使一点就自以为比别人了不起，不过是傻瓜蛋罢了。真想对他们说一句好好学一辈子去吧！赚钱也一样，会赚钱的家伙一辈子只管赚钱好了，用赚的钱养活我们好了！"

"阿朔！"

亚纪再次叫我名字，我终于闭上了嘴。亚纪透出困惑的面庞就在眼前。她略微歪了歪头说：

"接吻好么？"

动物园是一如往常的动物园。狮子躺着，土豚浑身是泥，大食蚁兽在吃蚂蚁。象在栏里转圈走动拉一堆极大的粪，河马在水里懒洋洋打哈欠，长颈鹿以俯视人类的姿势伸长脖子吃树叶。一见到动物，亚纪顿时忘乎所以，人再多也能勇敢地挤进去。看见狐猴，叫我快看，"尾巴摇得多巧！"还寸绿色的大蜥蜴招呼道："过这边来！"

说起来，花钱看什么长颈鹿什么狮子，到底有什么意思呢？动物园这地方只有臭味罢了。对于自然保护和地球环境问题我很关心，但并不是自然主义者和生态主义者。我想和亚纪一起幸福地生活，为此希望绿色和臭氧层保留下来，仅此而已。保护动物我原则上赞成。不过较之动物们的可怜相，我更为杀戮或虐待它们的人的残暴和傲慢而气恼。亚纪在这上面有误解，认为我是喜欢动物的有爱心的人，所以才说"阿朔，这个连休去动物园、动物园"。而若以为我看见浣熊或锦蛇会乐不可支可是大错特错。与此相比，让我接吻、让我触摸胸部……想虽这么想，却不敢说，胆小。

在低地大猩猩围栏附近吃盒饭。大猩猩在围栏一角安静地搔着腋下。时不时凑近鼻头，像是在嗅气味儿。无论怎么看，都只能认为它对自己的体臭心怀不满。由于同样动作重复得太久了，我怀疑它怕是神经出了问题。

"你爷爷心上人的骨灰，还保管着？"吃罢盒饭喝易拉罐乌龙茶时亚纪问我。

"啊，保管着。遗嘱嘛。"

"的确。"她微微一笑。

"怎么问起这个？"

亚纪略一沉吟："你爷爷没跟那个人而跟别人结婚了对吧？"

"嗯。并且制造了我得以出生的远因。"

"一对怎样的夫妇呢?"

"爷爷和奶奶?"

她点头。

"奶奶去世早不大清楚,不过大概是普通夫妇吧。关系不那么糟。毕竟有那么一个乐天派儿子嘛。"

"乐天派?"

"指我父亲。如果夫妻关系不好,小孩大概会变得性情乖僻或神经兮兮的吧?"

她没有回答。"哪一种幸福呢?"

"什么哪一种?"

"和喜欢的人一起生活、和另一个人生活却又总是思念喜欢的人。"

"应该是和喜欢的人一起生活幸福吧。"

"可是一起生活当中,对方喜欢不来的地方不也看在眼里了? 还会因为无聊小事争争吵吵。天长日久,无论一开始多么喜欢对方,几十年后恐怕也完全无动于衷了。"

说法很有自信。

"相当悲观啊!"

"你不那么想?"

"我想得要乐观些。如果现在非常喜欢对方,十年后会更加喜欢,就连最初讨厌的地方也会喜欢,百年以后甚至每一根头发都喜欢上。"

"百年后?"亚纪笑道,"打算活那么久?"

"和恋人相处时间长了会生厌这说法怕是骗人的。还不是,我们相处快两年了,可是一点儿也没生厌。"

"又不是一起生活嘛。"

"一起生活,就会有什么不快?"

"就会看到许多我让人讨厌的地方。"

"比如说什么地方?"

"不告诉你。"

"真有讨厌的地方不成?"

"有、有的。"她低下头去,"你肯定讨厌我的。"

我觉得自己遭到拒绝。

"古代神话中,好像有个神话说互相喜欢的两个人在一起把大地都移动了。"我调整心情说道,"一对男女非常喜欢对方,因故关系破裂了——女方的父亲和兄弟们横加阻拦。"

"往下呢?"

"两人天各一方。男的被流放到一座海岛,坐小船没办法相见。但两人的思念之情非常强烈。结果,相距好几公里的海岛一点一点靠近,最后靠在了一起——两人的思念之情把岛拉来的。"

我悄悄观察她,她低着头若有所思。

"古人好像认为一个人思念另一个人的力量是非常强大的,"我继续说下去,"都能把离开的岛拉过来。而且可以切近地看到或在自己体内感受到那种力量。可是,不知不觉之间人们不再使用自己体内的力量了。"

"那为什么？"

"因为若经常使用，事情就非同小可。如果岛屿和大陆仅仅因为男女一往情深就忽儿相连忽儿离开，那么地形势必变得叫人眼花缭乱，国土地理院就不好办了。况且，围绕心上人的争斗恐怕也会白热化，毕竟是能够拉动岛屿的家伙们的争斗。当事人也自身难保。"

"是啊。"亚纪信服似的点了下头。

"所以，那种消耗性的、非生产性的事要适可而止，转而把精力放在狩猎采集生活上。"

"说的好像思想品行指导老师。"她好笑似的笑了。

"是吗？"

亚纪以不自然的嘶哑语声说："我广濑，恋爱要谈，学习也不能放松。数学绝不能打红×！"

"什么呀，那是？"

"特别是和松本那个家伙的交往要适可而止。那小子有可能毁掉你的人生。此人一旦想东西钻入牛角尖，就会不管三七二十一甚至把海岛都一把拉走。"说到这里，亚纪返回普通声调："快考试了。"

"明天开始又要用功了。"

亚纪忧郁地点头。

"用功前可要活在爱里！"

从电气列车站来动物园途中，我们是躲开人群从后面小路过来的。当时我一眼发现有一家旅馆静悄悄坐落在那里。属于哪一种旅馆也不难看出。来时虽然随便走了过去,但用眼角真切看清了绿灯透出的"空室"字样和"休憩"费用并记在心里,同时核对了去掉回程车费后身上所剩款额。

回程也走同一条后路。到日暮还有时间。"空室"的绿灯仍然亮着。随着旅馆的临近,令人胸闷的沉默袭来,两人的脚步不约而同地变得沉重了。走到旅馆跟前时几乎停住不动。

"进这样的地方你会介意?"我向前看着问道。

"你呢?"她低头反问。

"我倒怎么都无所谓。"

"不觉得太早?"

沉默。

"先瞧一眼什么样如何? 进去看看,若是莫名其妙的地方马上出来。"

"钱有?"

"不要紧。"

推开俨然高级饭店的厚门,战战兢兢迈脚进去。紧张得险些把中午吃的盒饭吐出。我在脑海中推出大猩猩嗅腋臭的场景,好忍耐住没吐。出乎意料,大厅明亮而整洁。静悄悄的,连员工的身影也没有。

"静啊!"

大厅正面放着娱乐中心零币兑换机那样的东西。看情形,只要把钱放进去一按所选房间的按钮,就会有钥匙掉下。这样,就可以在不受任何人责怪的情况下安心利用。我摸了摸裤袋正要掏钱包,亚纪低声说:

"我不喜欢,不喜欢这种地方。"

我把掏出钱包的手插回去,又从裤子外面往屁股上"呼呼"轻拍几下。

"啊……是啊。"

"出去吧。"

我们沿着原来的小巷往电车站方向走去。好一阵子两人都没开口,但觉日暮已然临近。

"到底是莫名其妙的地方啊!"到能看见车站的地方时我说。

亚纪没有回答。"拉手走吧!"她说。

3

　为了写暑假读后感,我看了岛尾敏雄①的《没有到来的出发》。太平洋战争末期,身为特攻队队长的主人公从司令部接到发动特攻战的指令。他知道死期已到,和队员们一起等待出击命令。然而命令怎么等也未下达——主人公在生与死的过渡状态中得知日本无条件投降。

　暑假期间两人的关系也没取得像样的进展。诚然天天见面,可是就连接吻机会也才偶尔一回,"肉体关系"更是无从谈起。究竟怎么才能走到那种有进无退的地步呢? 我以无可奈何的心情自言自语:"没有到来的出发?"小说里面有主人公这样一句述怀:"失去出击机会之后日常生活的沉重才更加无法承受。"自己恰恰是如此心境。我后悔五月间的动物园之行。脚都进了旅馆却轻易退出,现在想来真是坐失良机。感觉上那似乎是自己毁灭的起因。在人类还不是理性动物的时代,像我这样懦弱的雄性肯定至死都留不下子孙。

　如此闷闷不乐时间里暑假也差不多过去了一半。大约每两天从下午去一次学校游泳池。认识的人也来了几个。

---

　① 小说家,1917～1986。

我们在五十米泳道里比赛,根据胜负在回去路上的麦当劳店里请吃或被请吃汉堡包。一次在游泳池见到大木。他学商业,平时几乎没机会说话。从初中开始练的柔道好像仍在持续,如今体形已同阿诺德·施瓦辛格不相上下了。

一起游了一会儿,之后在池畔晒太阳。附近有一棵樟树。我躺在树根下,看着劳动能手蚂蚁们一个劲儿往洞里运饵料的情景。

"不游了?"大木问。

"蚂蚁怎么活得那么快乐呢?"

"你不游,我一个人游去。"

"蚂蚁的快乐是什么呢?"

"那个么,大概是吃死虫和小虫吧。"

看他说得那么认真,我禁不住笑了。

"笑什么?"他显得有点儿不悦。

"柔道好玩儿?"

"算是吧。"以为大木这就离去,不料他略一迟疑,问道:"你小子,在跟广濑交朋友?"

"算是吧。"

"柔道部高年级有个家伙也盯着呢,当心!"

"叫什么名字?"

"叫立花。"

"混账家伙!"

大木以虚虚实实的语气说:"你可要挨收拾的哟! 上次

夏季运动会的时候,在电影院把水产高中三四个找碴儿的小子打了个半死。"

"可怕。"我说。

空中泻下的阳光照得游泳池水面闪闪耀眼。透明的光环在涂成蓝色的游泳池底一忽儿闭合一忽儿展开。标明距池畔距离的黑色瓷砖在水下摇曳不定。发呆时间里,四周声响一无所闻,只见池水闪烁的涟漪。

"你和广濑发展到哪里了?"过了一会儿,大木问我。

"哪里?"

"就是说……干了吗?"

"柔道部真是没有档次。"我闭起眼睛说。

"我可是真正为你着想。"大木声音里含有失望。

"着想什么?"

"没干就快点儿干。"他脑袋里似乎只有这一个念头。我脑袋里说起来也仅此一念。"那一来,我想立花就不会对广濑下手了。"

傻瓜蛋!什么下手什么不下手、什么"我的女人"什么"我的她"——这些缺心眼的家伙实在叫人反胃。立花那些柔道部的低能儿若也喜欢亚纪,只管对本人说去好了。我和亚纪"干了"就缩回手去,这算是怎么一种逻辑呢?亚纪又不是任何人的!她只属于她自己!

"柔道部头脑够简单的。"我说。

"我可要生气喽!"看样子已经半带怒气。

“别生气。”

他长长叹息一声：“跟你说，如果需要，我可以给安排的。”

“安排？”

“幽会场所啦条件啦。那里绝对可以加深关系。”

我诧异地眯起眼睛：“柔道部也拉皮条？”

“说些什么呀！”

“蛮热心嘛。”

“我腿骨折的时候，你和广濑不是来看我了么，”大木以恳切的语气说，“那时高兴着呢。”

“很久以前的事了。”

大木这句话多少也触动了我的情思。我想起和亚纪在城山散步的情景。两人心情都恳切起来。

“不想听我说？”他又问一遍。

“想听啊！”

“这里不成。”他若无其事地四下打量，“在麦当劳如何？”

“麦当劳？”

“肚子也瘪了。”

“我没怎么瘪。”

“可我瘪了。”大木在“我”字上特别用力。

我很快从恳切心情中回过神来：“友谊被金钱置换的可悲时代——谁说的来着？”

“没听说。”说着，他站起身，“用巨无霸和 L 炸薯条成交好了！”他不无坦然地说。

4

　　大木家在海边一个村子里，父母是搞珍珠养殖的。初中期间他每天骑五公里自行车上学，现在则说柔道部训练辛苦，改坐公共汽车。我和同学去大木家玩过几次。房前就是海，海面浮着一方网球场大小的养殖筏。我们被允许在那里游泳。筏的前端距岸边有十多米，底完全看不见。我们用筏的渡板助跑，反来复去往海里跳。无论跳多少次，也无论潜多深，都觉得海大得惊人，深得可怕。肚子饿了，就从渔协买来面包牛奶，在筏上吃了。吃完再游。筏下聚集着很多小鱼。我们采来沾在筏上的褶纹冠蚌，用石头砸开硬壳，取出蚌肉作钓鱼饵料。结果不断有不怕死的粗单角鲀和斑鲅鱼咬钩，成了我们的晚餐。

　　搞养殖的人家，哪家都有船和小艇。一般有四五只，其中必有一只用来游玩。据大木介绍，珍珠养殖最忙的是往贝里植核的四月至六月，完了就比较轻闲。所以，家里那只带外挂机的船随便借用几个小时都一点关系也没有，家里人甚至那只船不见了都觉察不到。

　　距大木家一公里远的海湾里有一座叫梦岛的小岛。十年前本地一家轮船公司上岛开发，计划建一座包括海水浴场、游乐园和宾馆在内的综合休闲设施。不料给轮船公司贷款的银行经营情况不妙，中途打了退堂鼓。得不到银行支持的轮船公司一度冻结了计划。不久轮船公司本身倒闭了，开发计划彻底搁浅。

"岛上的设施差不多建成了。"大木边说边塞了一嘴炸薯条，"从我家都能看到摩天轮和过山车。"

"有哪家公司接手就好了！"我边喝咖啡边附和道，"好不容易搞到那个程度。"

"如果开业，每年要有几个亿的赤字——这是明摆着的事。"大木煞有介事地说。

我开始想任凭风吹雨打的岛上设施。上小学时候，每年都举办梦岛绘画比赛，征集孩子们关于小岛的幻想图画。市长和轮船公司的经理们组成评审委员会决定金奖和银奖，对获奖者颁发自行车和个人电脑等高档奖品。我们都曾有过描绘俨然未来都市的小岛的作品参赛。

"不过总有办法利用起来。"大木一口咬住巨无霸继续道，"尤其宾馆什么的。"

我不由竖起耳朵。他高深莫测地点一下头：

"如今岛上的宾馆，成了那一带有船的年轻人出双入对的爱巢。就是说，周五周六晚上悄悄上岛，在宾馆床上和女的大动干戈。"

"真的？"我来了情绪。

"跟柔道部那伙人上岛钓鱼时查看了宾馆。结果，哪个房间都满是用过的避孕套。"

"嗬!"我喝了口已经变温的咖啡。

"所以你也领广濑干上一家伙!"

"在满是避孕套的房间里?"

"兴奋吧?"

问题是,在看上去明亮洁净的商务宾馆那样的地方都拒绝了的亚纪能理解隐秘小岛的情调吗?把她领到那样的地方,岂止拒绝,晕过去都有可能。莫非趁她晕过去干一家伙?

"随便上岛能行吗? 还要进到建筑物里。"

"大体算是私有地,但不是说有人管理。"

"在宾馆里跟村里年轻人撞上也够烦的。"

"放心。他们上岛基本是周末。你周二周三去。"

"你肯把我们送上岛去?"

"你只出一点点汽油钱就行。"

"从今天开始就叫你渡船龙之介好了。"

"谈判成功,色小子!"

"喂喂,我可不是色小子。"说着,我脑袋里开始琢磨领出亚纪的借口。

5

　　早上六点出家门,在公共汽车站同亚纪碰头。对父母说去参加野营——同学家附近有个可以野营的地方,紧靠海,还能钓鱼和洗海水澡等等。我把大木家电话写在便笺上递过去,说有急事可以往这儿打电话。只要明确所去地点,父母就会放下心来,不一一细问。况且总的说来我并非说谎。

　　关于在大木家附近野营,亚纪在公共汽车上问道:

　　"大木君的女友是谁?"

　　"我也不大清楚,像是学商业的。"

　　"为什么把我们拉去呢?"

　　"上初中时我们两人不是去看望过他么?"

　　"大木骨折住院的时候?"

　　"嗯。他说非常高兴来着。"

　　"够重情义的。"

　　但是,公共汽车到达目的地时,重情义的大木君的女友突然情况有变,不能来野营了。

　　"遗憾啊!"我以十分遗憾的语气说。

　　"遗憾遗憾。"

　　"没办法,三人去吧。"

"好、好。"

我们往系在珍珠筏的小船装东西。

"大木君,你的东西呢?"亚纪问。

我以严峻的眼神盯视大木。

"哦? 我……"

"啊,大木那份我准备好了。"我赶紧打圆场,"毕竟借人家的船。"

"是啊是啊,我负责船。"

东西装上船后,我们逐个上船。这是条能坐四五人的玻璃钢船,船尾安有陈旧的船外机。

"好,开船!"大木威风凛凛地说。

"拜托。"我说。

亚纪神情不大释然地坐在船中间。时间还早,海湾笼罩着白濛濛的晨雾。雾中可以看见养殖筏和塑料浮筒。抬头望天,夏日晨光透过雾霭倾泻下来,晨光把船头切开的水面溅往左右两边的飞沫照得玲珑剔透。驶入海湾,雾霭散去。一只老鹰划着很大的弧形在我们头顶盘旋。不时同打渔归来的渔船擦身而过。每当这时,亚纪便向船上挥手。船上的渔夫们向她挥手。操纵船外挂机的大木目眩似的眯细眼睛看她。

随着岛的临近,游乐园的摩天轮迅速变大。游乐园前面是海水浴场,上面有更衣室和淋浴室等设施。如今所有设施无不伤痕累累锈迹斑斑,即将在雨和海风中寿终正寝,无可救药了。太阳已经升高,油漆剥落的摩天轮立柱闪着红光。

　　游乐园左边是码头,后面小山上矗立着钢筋混凝土建造的白色宾馆。码头的桥柱同样呈铁锈色。没有防波堤和阻挡波浪的混凝土强制块。因为岛本身浮现在内海里面,只要没有台风和巨浪打来,海面通常波平如镜。大木减缓船外机的油门,让船缓缓靠近栈桥。从船舷往海里窥看,只见阳光射入的明亮的水中,绿色和黄色的小鱼成群结队游来游去。离栈桥稍远一点的地方,飘浮着好几个白色水母。

　　大木从船边伸手抓桥柱,我抢先爬上栈桥。然后把大木抛来的缆绳系在桥柱上,又拉亚纪上来。大木卸下东西,最后一个上岸。我问亚纪去海水浴场那边如何。

　　"大木君呢?"

　　"我么……"他一闪瞥了我一眼。

　　"大概钓鱼吧。"我当即回答。

　　"是啊,是钓鱼。"

　　"他这人喜欢孤独。"

　　海水浴场在小岛南侧,阳光从海那边毫不留情地一泻而下。哪里也看不见树阴。稍离开水边的砂地上长着文殊兰。山那边时而传来鸟鸣。此外只有波浪拍击海岸的声响。

　　更衣室损坏严重,没办法用了。钢架锈得又红又黑,地上铺的木板很多地方烂了,而且到处是成群的海蛆。无奈,只得在淋浴室里轮流换衣服。

　　我们慢慢往海湾那边游去。亚纪游得好,脸浮出水面,一下一下轻快地横向游动。戴防水镜往水里细看,只见五颜六色的小鱼们往来漫游。海星和海胆也很多。我在勉强站得住脚的地方摘下防水镜,递给亚纪。她个矮而水又太深,因此她戴防水镜时我在水中托她的身体。她的胸就在眼前。湿漉漉的白皙皮肤在阳光下闪闪生辉。

我们继续往海湾前进。脚已完全够不着地了。用防水镜在海里看的亚纪一边踩水一边摘下防水镜递给我。

"厉害!"她说。

我戴上防水镜往海里看。脚下,海底呈研钵状塌陷下去。陡急的坡面随着水深的增加逐渐模糊,最后被光照不到的黑暗彻底吞没,情景甚至令人惊骇。

我"咯"一声。

亚纪微微一笑。我飞快地去吻她的嘴唇,但没吻成。两人都喝了一大口咸水,呛出水面,边呛边笑出声来。亚纪拉着我的手仰面躺着。我也学她的样子。闭目在水面漂浮时间里,眼睑内侧红彤彤的。微波细浪出声地冲刷耳朵。悄悄睁开眼睛往旁边一看,亚纪的长发泼墨一般在水面摊开。

午间到了,返回栈桥。大木在那里等着。他按原先约定,谎说船上无线接到家里电话,母亲身体不舒服,自己得先回去一下。

"我们也一起回去吧。"亚纪像是在为对方考虑。

"不必。"大木绷紧脸说,"你们在这里钓鱼等我,毕竟好不容易来一次。傍晚我就返回。虽说不舒服,但也不会有什么大事。本来血压就高,吃了药躺一会儿就没事了。"

"那么路上小心。"我亲切地快嘴应道。

"我们也还是回去看望大木君母亲好些吧?"亚纪仍一副焦虑的样子,"若没什么事,再返回就是。如果大木君的母亲很不舒服,不是要给大木君和他家人添麻烦了?"

"啊,倒也是啊。"

我含含糊糊应和着,以求救的心情看着同伴。大木额头早有大颗汗珠流淌下来。

"傍晚我哥下班回来,那时就可脱身了。我也一直盼望这次野营来着。孝顺儿子当到傍晚,夜间想出来散散心。"

"既然人家那么说……"说到这里,我以忧郁的表情看着亚纪。

她似乎被大木卖力气的表演多少打动了。

"那,就留下来?"

我和大木不由对视一下。他表情如释重负,眼睛却在骂"你这混小子"。我在胸前偷偷合掌,没让亚纪看见。

接下去的行动,两人都快得出奇。作为大木一心想快些离开小岛,我也想趁亚纪没改变主意时把他送上船去。

"305房间。"大木一边解船绳一边小声说,"我这回报可够高的了!"

"抱歉。记着就是。"我再次合掌。

大木坐的小船看不见的时候,我们在栈桥上吃盒饭。亚纪在游泳衣外面套了一件白运动衫,我只穿游泳裤。蓦然,此刻这座小岛只有自己和亚纪这令人眩晕的现实直击脑门。我感觉得出，一股莫可名状的欲望正从身体深处涌起。大木明天中午才能返回。

盒饭味儿全然没有吃出。在赋予自己的无限自由面前，我很有些不知所措。往下这足足二十四个钟头时间里，我既可以当狼又可以当山羊。从吉基尔到海德①，"我"这一人格领域扩展开来。其中仅仅选取一个场所甚至让我产生些许惊惧。这是因为，只有这选取者成为现实，其他统统消失。亚纪所看见的，只有从无数可能性中选取出来的这个"我"罢了。如此这般思来想去时间里，最初的欲望渐渐淡薄，而生出奇妙的责任感。

吃罢盒饭，拿起大木留下的钓竿去钓鱼。把青虫放在钩上抛出去，不出片刻，隆头鱼和斑鲅鱼咬上钩来。本打算当晚餐受用，但由于咬钓咬得太天真了，不由觉得可怜，每次钓上来都放生了。后来放生也嫌麻烦，索性钓也不钓了。

栈桥上铺的厚木板吸足了阳光，热乎乎的。屁股坐在那里，很容易沉入惬意的梦乡。凉风从海上持续吹来，没有出汗。我们互相给对方涂了防晒膏，以免紫外线晒伤，并且时不时把脚浸到水里，或往头上淋水。

"大木君的母亲不要紧的?"看样子亚纪相当放在心上。

———————————

① 英国作家斯蒂文森小说《吉基尔博士与海德先生》中的主人公。集绅士与恶棍于一身的具有极端双重性格的人。

"只是血压高一点儿，没什么大事吧。"

"不过，既然用无线电话联系，病情怕不一般。"

对亚纪说的谎逐渐成了负担。剩得和她两人之后，"肉体关系"什么的反倒怎么都无所谓了。把大木卷入进来的计谋到现在已成功一半，可是我突然觉得事情荒唐、幼稚起来，并觉得这种荒唐、幼稚的自身形象正被人从远处看着。

亚纪从背包里取出晶体管收音机，打开电源。正是"午后流行音乐"时间，男女主持人耳熟的语声传了过来。

——朋友们，每天都很热吧？呃——，毕竟是夏天嘛。所以，今天来个夏日海边乐曲特集。

——一点不错，打电话点播也可以，只管叮铃铃叮铃铃打来就是。从点播的朋友中抽签选出十名赠送特制 T 恤的哟！

——那么，下面介绍来信。

——第一封，风街一位笔名叫"约巴"的朋友的来信。"清彦君、洋子小姐，你们好"，你好。"我现在因腹腔病正在住院。"哦，是吗？"天天检查，讨厌死了。"唔、唔，"弄不好，很可能动手术。好容易盼来的暑假！不过，人生漫长，这样的夏天有一次也未尝不好。"是吗，住院？够受的。

——我肚子也动过手术，上高中时候，倒是盲肠炎。住了三四天院。手术当然讨厌，好在转眼就做完了。

——这是我的经验之谈。盲肠炎，不知对您能否有点参考价值。但愿您的病情不重。打起精神，早日康复！那么，就送上您点播的节目:南十字星全明星乐队①的《盛夏的果实》。

"一次你为我写了一张点播明信片,可记得?"歌曲播放当中亚纪说。

"记得。"

这是我想尽量避免的话题。然而她深情地追忆道:"是上初二的时候。歌名是《今宵》吧? 你撒了个天大的谎。"

"被你训了。"

"不过现在成了美好回忆。你是为了能让主持人念那张明信片才撒那种谎的吧?"

"算是吧。"我说,"那时你有个高中生恋人吧?"

"恋人?"她回过头,以尖刺刺的声音问。

"排球部的美形。"

"啊,"亚纪仿佛终于想了起来,"可你又怎么知道的?"

"班上女生说的。"

"没办法啊! 其实只是我一个人的仰慕。"

"仰慕?"

"嗯。还是小孩子,根本不懂什么恋爱。"

"嗬——"

她窥视似的看我的脸。

---

① Sazan All Stars,由日本著名歌手桑田佑介等人组成的乐队。乐队全称为 Captail Mook and All Stars,又可译为"穆克上尉与萨赞全明星"。

"你莫不是吃醋了?"

"不好?"

"为初二的我?"

"我可是对你的胸罩都嫉妒的哟!"

"坏蛋!"

向远处看去,陆地那边正有大片积雨云向上蒸腾。云头白莹莹的,而云体部分呈灰色,下端则几乎漆黑漆黑。远空轰隆隆响起雷声。海上吹来含带潮气的暖融融的风。积雨云缓缓遮蔽天空,似乎正朝这边推进。原先湛蓝湛蓝的海面,现在已经发灰。

"大木君不会回来了吧?"亚纪有点担忧地说。

我险些把实话全盘托出,恨不得老老实实道歉让沉甸甸的心情轻松下来。这时,很大的雨点自天而下。雨落速度起始有足够的间隔,继而如节拍锤下落一般越来越快,最后竟同噪音无异。

"好痛快!"她忘情地自言自语。随即仰脸朝天,让雨拍打额头。"一切都是安排好的吧?"

我回过头去。雨落在她的脸颊上弹开。

"起初计划四个人去野营。但当天大木君的女友因故没有来成,接着大木君的母亲身体不舒服。于是岛上只剩你我两人。"

都给她说中了。

"对不起。"我转向亚纪那边,乖乖低下头去。

雨似乎越下越大，冲刷桥柱的波浪汹涌起来。她依然闭目合眼，任凭雨落在脸上。

"没办法啊!"稍顷，她以母亲般的口气说道，"那么船什么时候来?"

"大约明天中午。"

"还有很长时间。"

"那以前，你不愿意的事我绝不做的。"

她没有应声，只是呆呆看着被雨淋湿的背包和装食品的冷藏盒。

"反正先搬东西吧。"说罢，终于站起身来。

6

　　远看时似乎还新的宾馆,近看却见涂料已开始剥落,几乎形同废墟。正面栽有巨大的苏铁树,树后徐缓的坡道一直连到正门。我们止住脚步,重新仰视这座四层宾馆。就气氛来说,即使作为魔幻电影的外景拍摄场使用也不奇怪。自动门钉了木板上去,但一部分已经掉了,成为可以勉强过人的通道。较之幽会场所,说是毒品交易地点或偷渡者的藏身之处更合适。

　　一楼除了大厅和沙龙,还有餐厅和厨房。餐厅一角堆着桌椅。穿过大厅,慢慢登上楼梯。二楼往上是客房。带把手的茶褐色厚木板门在走廊一侧整齐地排列着。走廊和楼梯积了很多细沙,用凉鞋一蹭,发出沙沙拉拉的声音。

　　大木说是“305房间”。就是说,他于我们在海里游泳的时间里拾掇了那个房间,以免亚纪看见用过的避孕套一类玩意儿。当然讲好付给酬金。金额虽然没定,但巨无霸加炸薯条那几个钱恐怕不行。感觉上好像是被高利率小额贷款缠得动弹不得的中小企业经理。

　　走廊大约正中间有个大大的窗户洞,后山坡一棵树从那里钻进建筑物,树冠在走廊天花板下四下舒展,树繁叶茂,苍翠欲滴。看这情形，整座宾馆被植物取而代之也只是时间问题。

打开大木指定的 305 房间的门，一张极大的床当即扑入眼帘。床虎虎生风地摆在房间正中。我觉得好像撞见了不该撞见的东西，不由转过眼睛。可是房间除了床别无东西可看。两个人都不知看什么合适，只好半看不看地看床、看天花板。本应说点什么，却说不出。沉默使得身体发僵，甚至吞咽口中唾液的声音都让人心悸。

"先把东西放在这儿，看一下宾馆里面再说吧。"我好歹这样开口。

"也好。"亚纪如释重负地点了下头。

我们走去一楼厨房。那里也有后山植物侵入，到处都是不很大的绿丛。两人身上都被海水弄得黏糊糊的，一阵急雨似乎并没彻底冲洗干净。拧了拧厨房自来水龙头，没有水出来。

"没有水，晚饭也做不成的。"亚纪责怪似的说。

"听大木说，宾馆后面好像有口井。"我语气中带有辩解意味。

厨房门不见了。雨不知何时停了，后山泻下的夕晖在厨房地上有气无力地投下影子。山紧贴宾馆旁边。山坡上的杂草茂盛得如燃烧一般，全然看不见泥土。杂草也好蔓条也好灌木丛也好，一切都难解难分。

野蔷薇缠着艾蒿和蕺菜，两只凤蝶在上面互相追逐。往前几步有个旧水槽,被草掩住了一半,不小心都看不出。草丛中竖起一条塑料管,管口有透明的水冒出。想必把山上的清水引来了。我把手插进水槽,水凉得舒坦。

"在这里洗身子吧。"

亚纪仍在游泳衣外面套着白 T 恤。

"我去取浴巾来。"

"嗯。"她不知所措地四下打量。

爬上三楼,提起装有浴巾和替换衣服的塑料旅行包折回时,亚纪正在水槽旁边光着身子背朝后站着。不可思议的光景。夕阳已躲进后山不见,雪白雪白的裸体从幽暗的杂草丛中模模糊糊浮现出来。我以做梦般的心情久久注视她的背影。

"干什么呢?"

她依然背对这边:"不是没有浴巾的么!"

"不管不顾地脱个精光?"我笑着把浴巾搭在她肩上。

"谢谢。"

亚纪三把两把擦了身体,把浴巾缠在胸部那里。浴巾没有想的大,离膝部还差不少。

"别那么看!"她说。

水槽里密密麻麻长着泛褐的绿色水草,如一缕缕细发轻轻摆动。我把毛巾浸在水槽里擦洗身体。正用力拧干毛巾擦着,亚纪从厨房门口往这边看。

"在么?"她迟疑地低着头问。"估计你要浴巾。"

"谢谢。"我背对着她接过浴巾。

我从喜欢登山的父亲那里借来了小炉、组装式炊具和一套勺匙等物。晚饭由我负责。菜谱是"极品鳗鱼鸡蛋浇汁饭"。首先把塑料瓶里的水烧开，然后倒入"农协"大米，十分钟后饭可煮好。煮饭时间里把削成竹叶形薄皮的牛蒡过一遍水，把长葱和盒装鳗鱼细细切好。然后把牛蒡垫在锅里，加入水和调味汁，放在火上。煮开了，投进鳗鱼和长葱一起煮。再洒上搅拌好的鸡蛋、盖锅盖、熄火，闷一会儿。最后压在碗里盛的米饭上面，至此大功告成。若再来一个永谷园出品的"夕饷"牌酱汤料，一菜一汤毫不含糊。

亚纪做了个蔬菜条和水果块混合色拉。花工夫虽不少，却感觉不出野炊的妙味。天黑了下来，点亮同样是父亲借给的提灯。吃饭时候，把收音机调在短波台。播的是西方音乐点播节目，专播名称特长的乐队：Red Hot Chili Peppers（红热辣椒面），Everything But The Girl（删除女孩），Africa Bambaataa And Soul Sonic Force（"非洲班巴塔"与灵魂音速力量）。

吃完饭，用卫生纸擦了餐具，垃圾归拢起来装进塑料袋，之后拎起提灯上三楼房间。或许因为淋浴时已经看了对方裸体的关系，这回没了那么尴尬的气氛。肚子饱饱的，懒得琢磨乌七八糟的事情了。于是背靠床头板，开始考英语单词。一个说日语，另一个用英语回答。答出对方答不出的单词即得一分。

"迷信",亚纪问。

"superstition",我脱口而出。

"简单了点儿?"

"有点儿。那么,怀孕。"

"怀孕?"亚纪瞪圆眼睛看我。

"不知道?"

"嗯。"

"conception。"

"啊,是吗。"

"下边该你问了。"

"呃……同情、同感。"

"sympathy",我当即回答。"以 S 开头的单词近来你可背来着?"

"算背了吧。不过你记得可真牢。"

"两个都是通过摇滚曲名记的。斯蒂芬·旺达和罗林·斯通兄弟。"

"唔。"

继续提问。

"勃起。"

"什么呀,那?"

"勃起嘛!勃起用英语怎么说?"

"怀孕啦勃起啦,那种单词不知道也无所谓嘛!"亚纪生气地说。

我则始终保持冷静。"conception 可是还有概念这个意思的哟！"我开始解释，"勃起叫 erection。把 R 换成 L 就成了投票一词。general election 是大选。但若把 L 和 R 搞错，就成了将军勃起。这种丢人现眼的错误，我可不希望你弄出来。"

"这类玩意儿在哪里记的？"她仍然显得不解，"什么怀孕什么勃起……"

"翻辞典记的。"

"到底是喜欢才能擅长。"

"这说法我觉得不大对。"

"我觉得大对特对。"

我们不愿意争执，遂闭住嘴眼望窗外。当然黑漆漆一无所见。

"不过这么记英语单词，可能有帮助？"亚纪自言自语地说。"据说女性大学入学率的增加同离婚率的增加成正比——越学越不幸。你不觉得奇怪？"

"离婚未必等于不幸吧？"

"那倒是。"亚纪停了一会儿，"我们本该是为了幸福而活着的。学习也好工作也好，本该是为了幸福才做的。"

广播里仍在播放名字特长的乐队的歌曲：Quicksilver Messenger Service(水银使者)，Credence Clearwater Revival (朋友·啤酒·音乐)，Big Brother and Holding Company

（老大哥与控股公司）。

夜深时又下起了雨。雨打在宾馆窗扇和房檐,声音很吵。我们躺在床上,怅怅听着雨声。闭上眼睛倾听之间,一股股气味强烈起来。雨味儿、后山的土味儿植物味儿、地板落的灰尘味儿、剥裂的墙纸味儿——这些味儿仿佛里三层外三层把我们团团包围。

应该累了,偏偏不眠。于是轮流讲小时候的事。亚纪先讲。

"幼儿园毕业的时候,在幼儿园院子里埋了 time capsule①,报纸啦大家拍的照片啦作文啦什么的。全用片假名②写的,写将来自己想当什么、自己的理想。"

"你写的什么?"

"不记得了。"她不无遗憾地说。

"想当新娘子?"

"也有可能。"亚纪轻轻笑道,"真想挖出来看看。"

这回轮到我了。

"奶奶活着的时候,有个常来我们家的按摩师。六十岁光景,据说生下来眼睛就看不见。一次那个人这样问我:小少爷,雨是一颗一颗下的,还是成一条长线下的? 因为天生失明,不知道的。"

---

① 时间容器,寄给未来的包裹。即把记录当代文化、生活的资料装在容器里埋入地下留给后世。
② 日文字母。分平假名和片假名两种。

"是么，"亚纪信服地点点头，"那么你是怎么回答的呢？"

"我说一颗一颗下的。那个人说'一颗一颗的？'一副分外感动的样子。他说从小就一直觉得是个谜，不明白雨是颗粒还是线条。今天因了小少爷自己也聪明一点了。"

"活像 new cinema paradise[①]。"

"可现在想来挺怪的。"

"怪什么？"

"既然那么长时间里迷惑不解，为什么不早些问人呢？何苦忍到六十岁呢?! 为什么偏偏问我呢？"

"肯定看见你突然想起来的，想起小时的疑问。"

"也可能下雨的时候到处问同样的问题来着。"

雨依然下个不停。

"大家都不担心我们？"亚纪问。

"莫非向警察报案？"

"你对家里人怎么说的？"

"在同学那里野营。你呢？"

"我也说是野营。让一个同学做证。"

"那个同学信得过？"

"差不多。可我不喜欢这样，毕竟连累很多人。"

"啊，是啊。"

亚纪横过身体，把脸转向我。我轻轻吻一下她的嘴唇。

---

① 新电影乐园。New cinema，上世纪五六十年代英美产生的电影制作理念。

"别急,慢慢在一起好了。"

我们互相抱着闭起眼睛。小沙砾在代替床垫铺的毛巾被下面窸窸窣窣发出声响。

半夜醒来,广播早已结束。拧短了灯芯的提灯也不知什么时候熄了。我从床头下去关掉收音机电源。房间里闷着提灯的热量。打开窗,外面凉瓦瓦的空气和海潮味儿一起涌进。看样子天还没亮。雨不知何时停了,乌云散尽的天空闪出许多星星。也许附近没有照明的关系,星星近得几乎可以用钓鱼竿捅下来。

"有波浪声。"亚纪的语音。

"没睡?"

她来到窗边向外眺望。隔着黑暗的海面,可以隐约望见对岸的灯火。

"哪一带呢?"

"不是小池就是石应那儿吧。"

来而复去的海浪声反复传来。海浪打翻岸边的石头,撤走时发出轰隆轰隆的响声。

"哪里有电话铃响?"亚纪突然说。

"何至于。"我侧耳倾听,"真有!"

我拿起桌上的手电筒,两人走出房间。走廊里一团漆黑。手电筒光模模糊糊照出尽头的墙壁。似乎稍前一些的房间里有电话响。我们蹑手蹑脚慢慢前行。电话仍响个不催。房间本应临近了,电话铃声却丝毫没有临近。

铃声忽然止住。大概打电话的人判断没人接而放下听筒。我们默默对视。用手电筒光往周围照射。原来这里是走廊窗扇坏掉而有树枝侵入的那个地方。头顶上,一条枝蔓缠绕的粗树枝长满茂密的叶片。往树枝上一照,一只铜花金龟在树皮上趴着。从坏掉的窗口伸出脑袋把手电筒光向外射去,山坡就在眼前四五米远的地方。这时,亚纪低声道:

"萤火虫!"

往她看的那边凝目看去,草丛中有个小小的光点。一开始只有一个。但细看之下,这边那边都有光点辉映。注视之间,数量急速增多。

不下一两百只的萤火虫在杂草和灌木之间闪闪烁烁。趴在叶片上的忽一下子飞起,同两三只一起飞了一程又躲进草中不见。数量虽然多,但飞得十分安静。又像是整个一大群随风飘移。

"关掉手电筒!"亚纪说。

现在我们和它们置身于同样的黑暗中。一只萤火虫离群朝这边飞来,曳着微弱的光亮缓缓靠近。飞到房檐那里,在空中停了一会儿。我手心朝上向它伸去。萤火虫警惕地往后退了一点,似乎俯在后山伸来的枝梢上歇息。我们等它。稍顷,重新飞起,在亚纪周围缓缓盘旋,然后像雪花翩然飘落一样轻轻停在她肩上,就好像萤火虫选择了她。它像传送什么暗号似的闪了两三次光亮。

我们屏息敛气看着萤火虫。忽闪了几次之后，萤火虫悄然飞离亚纪的肩。这回没有像来时那样犹犹豫豫，笔直朝同伴们所在的后山草木中飞去。我们目不转睛追逐萤火虫的光点。不久，萤火虫返回群体，在同伴们之间飞来飞去，同许许多多小光点混在一起，无从分辨了。

第 三 章

1

　我们修学旅行回来时,亚纪已被确诊为"再生不良性贫血"。医生解释起因于骨髓功能的弱化。对此她似乎已经相信。我当然也没理由怀疑。

　为防止感染,护士教给我防护技术。首先穿上走廊衣柜里的防护服和口罩,其次把穿来的鞋用专用拖鞋换掉,再在医院门口洗手消毒,这才得以入内。

　每次看见穿防护服戴口罩的我,亚纪都在床上笑得前仰后合。

　"一点也不谐调的嘛!"

　"有什么办法呢!"我沮丧地说,"都怪你的骨髓偷懒不好好制造白血球,才落得这副模样。"

　"学校怎么样?"她有意转换话题。

　"还不是老样子。"我没好气地回答。

　"快期中考试了吧?"

　"像是。"

　"学习进度快?"

　"就那样。"

　"想快点上学啊。"她眼看窗外自言自语。

护士从病房门口探进脸问有变化没有,对我也笑着打招呼。因为天天来,差不多所有护士都认得我。检查什么的大体上午做完,晚饭前安安静静。

"监视着呢,看接吻没有。"护士走后,亚纪低声道,"近来护士长提醒来着,说不能和常来看望的男朋友接吻哟,病菌会传染的。"

一瞬间,我脑海中浮现出自己口中爬来爬去的细菌。

"说的叫人不大愉快啊!"

"想么?"

"也不特别想。"

"吻也没关系的。"

"传染了怎么办?"

"洗面台有我用的漱口药水,用那个好好漱一下口。"

我把口罩往下拉到下巴,用抗感染药水仔细漱口。然后坐在床边和亚纪相对。我想起第一次接吻的情形。在无菌状态中实施接吻,比初吻还要紧张。我们把嘴唇轻轻碰在一起。

"一股药味儿。"她说。

"今晚发烧可别怪我哟。"

"不过挺好的。"

"再来一次?"

我们再次对上嘴唇。身穿做手术用的那种淡绿色防护服、清洁口腔后进行的接吻,颇像一种庄严的仪式。

"明年梅雨时节到城山看绣球花去。"我说。

"初二的约定。"亚纪仿佛望远似的眯起眼睛,"仅仅过去三年,却好像很久以前的事。"

"因为发生的事太多了。"

"是啊。"亚纪现出怅怅陷入深思的神情,低声道,"还要半年多?"

"那之前慢慢把病治好。"

"嗯。"她暧昧地点了下头,"够长的啊! 早知如此,健康时去看了多好。"

"瞧你说的,好像不能康复似的。"

亚纪没有回答,代以凄寂的笑意。

一天去医院时她正睡着,也没有母亲陪伴。我从旁边看她睡着时的脸。由于贫血,脸很苍白。病房窗口拉着奶油色窗帘。亚纪闭着眼睛。为了避光,脸略略歪向与窗口相反的一边。透过窗帘射进的光宛如蝴蝶的磷粉在房间里飞来飞去。光也落在她脸上,给脸上的表情多了一层安详的阴翳。我像看奇珍异宝一样持续看她的睡脸。看着看着,一阵不安朝我袭来——从安详的睡眠中,仿佛有小得肉眼看不见的死如罂粟种粒浮现出来。上写生课时,在明晃晃的阳光下凝视画纸,雪白的画纸果真像遮上一层小小的黑点——便是那样一种感觉。

"亚纪!"

我叫她的名字,反复叫了几次。她对自己的名字做出反应,微微动了动身子。然后像要赶走什么似的左右摇一下脑袋,盖在脸上的东西一张张剥落,表情隐约透出生机,像鸟叫一样睁开眼睛。

"阿朔!"亚纪意外似的低声唤我。

"心情怎样?"

"睡了一会儿,好多了。"

她从床上坐起,拿过椅背上搭的对襟毛衣,套在睡衣外面。

"上午十分消沉。"她以约略带有颓废意味的眼神说,"想到自己的死,心想若是知道要同你永远分别,我到底会怎么样呢?"

"傻话,不能想那样的东西。"

"是啊,"她叹息一声,"好像没有信心了。"

"医院寂寞?"

"嗯。"她轻轻点头。

话语一中断,沉默就重重压来。

"自己不在这个人世是怎么回事呢? 一点也想像不出。"稍顷,亚纪自言自语地说,"生命有限——总觉得有点儿不可思议。虽说是理所当然的事,可平时从没把理所当然的事当理所当然的事。"

"只想愉快的事好了,如病好了以后……"

"想和你结婚的事?"较之连接话题,更像要就此中止。

"我漱漱口去。"

我这么一说,她才漾出笑意。

每次看望时,依然趁护士看不见飞快地接吻。对我来说,那仿佛自己生存的明证。没有因感染引起发烧,我打算把这小小的仪式一直坚持下去。

"近来洗头的时候头发掉了很多。"她说。

"药的副作用?"

亚纪默默点头。

"很让人伤感。"

我不由抓起她的手。我不知道这种时候说什么好。为冲淡难过,我试着说:

"就算光秃我也喜欢你的。"

她瞪圆眼睛看我:

"别说的那么直截了当好不好?"

"对不起。"我坦率地道歉。尔后自我辩解似的说:"古文里的直截了当①是忽然、暂时之意,是吧?"

这时,亚纪突然把脸贴在我胸口,像小孩子似的放声哭了起来。完全始料未及。我一时惊慌失措。看见她哭还是头一次。这种情绪不稳定不知是病情造成的,还是用于治疗的药物副作用使然。只是,这时我才隐约察觉病症的不同一般。

①　原文为"あからさま",作为古语乃此意,见前注。

2

亚纪的面庞明显消瘦了。因呕感吃不下饭。一整天心情不好，别说面对饭菜，甚至闻到饭味儿都受不了。严重时候，一听见送饭小车的轮响都无法忍受。开了止呕药，但几乎不见效果。为了治疗服用相当有刺激性的药这点可以想像，但很难和"贫血"联系在一起。到底在治疗什么呢？

我用医学辞典查了"再生不良性贫血"词条。上面写道因骨髓造血不良发生的贫血。的确同亚纪从医生口中听来的解释相同。治疗方法为输血和投以甾类激素。忽然，我目光落在下一页上："白血病"。我想起初二时写的点歌明信片。说不定，那是无心的恶作剧眼下作为现实痛苦降临到亚纪身上。我很快打消这个不合理的念头，开始阅读医学辞典的记述。但是促成应验的懊悔总在心头挥之不去。

如亚纪所担心的，头发开始脱落。因本来是长头发，脱落的地方格外显眼。而且随着治疗的旷日持久，她精神上也愈发消沉下去。

"药好像没起作用，担心得不得了。"她说，"副作用那么强都没有奏效，那么就是说没有能治好我的病的药了。"

"如今无论什么病一般都能治好的。"我一边回想医学辞典的记述一边说，"尤其小孩子的病。"

"十七岁还是小孩子？"

"才十六嘛。"

"很快就十七。"

"反正介于小孩子和大人之间。"

"那，治好和治不好半对半了？"

话语卡住。

"适合治你的病的药说不定刚刚发现。"

"是吗？"她扬起半信半疑的脸。

"上小学时我因肺炎住过一次院。那时药也怎么都没效果。反复试来试去，终于找到有效的药。那期间我家父母以为我活不成了，十分担心。"

"但愿我也像你那样快点儿找到药。这样子下去，药没等找到，身体先完了。"

"我能代替就好了。"

"实际体会到这个难受滋味，你就不会那么说了。"

房间的空气仿佛"咔嚓"现出裂纹。

"原谅我。"亚纪以低弱的声音说，"我最害怕的或许不是病治不好，而是性格因病变糟。如果自己不再是过去的自己，惹你讨厌的话，我真不知如何是好。"

第二天，亚纪戴一顶淡粉色的塑料帽迎接我。

"怎么了，戴那顶帽子？"

她淘气地笑着摘下帽子。我不由屏住呼吸。简直换了一个人。头发剪短了。一夜之间，亚纪的发型看起来较之短发更近乎秃头了。

"我请求弄成这样子的。"她主动开口，"医生说治疗结束后还会长出来，长回原来的样子。没办法啊。那之前只能专心配合治疗了。"

"就是说决心已定。"

"头发掉光了也不讨厌我？"

"不会掉光吧。"

亚纪仿佛对我的语气感到胆怯，缄口不语。

"不是有尼姑的吗？"良久，她说。

"当尼姑？"

"得病前我就想过了：如果阿朔扔下我死了，那时我就进尼姑院。"

"瞧你想些什么呀！"

"还不是，跟你以外的人结婚、生孩子、当母亲、上年纪，简直无法想像。"

"我也无法想像跟你以外的人结婚、生孩子、当父亲。所以你不恢复健康可不好办。"

"是啊。"她用掌心"嚓嚓"摸自己的脑袋，"不好看？"

从剪短头发时开始，亚纪的呕感平复下来。也许身体适应了药物，或者因对治疗采取积极态度而使精神趋于稳定也未可知。虽然仍吃不下像样的饭菜,但水果、果冻、橙汁还有少量面包可以吃了。也能多多少少看几页书。她对澳大利亚土著人的世界观和传统生活方式怀有兴趣。

"土著人采摘植物前必定先用手罩住。"亚纪俨然传授刚从书上学得的知识,"不难明白吧——这个没有长大还不能吃、那个已完成赋予生命的准备可以吃了等等。"

我把手罩在亚纪眼前:

"这个没有长大还不能吃。"

"给你说正经话。"

"你以为土著人吃什么?"

"鸟啦鱼啦,树籽、水果、植物……"

"袋鼠、蜥蜴、蛇、鳄鱼、芋虫什么的可不想吃。"

"想说什么?"

"当了土著人,可就不能吃布丁和松软糕点什么的了。"

"眼睛何苦老盯在物质性东西上面呢?"

"土著人并非全都是你所想的那么好的人哟!"我道出实际目睹的事实,"也有看上去自甘堕落的、不健康的人。大白天就喝酒,还缠着游客讨钱。"

亚纪气呼呼接道:"那是因为他们是被迫害的人。"说罢,好久不再开口。

问题不在于现实土著人,走出医院后我想道,他们的生活方式和世界观是亚纪心目中的理想、一个梦幻,她想把自己这一存在融合进去。或者是一个希望,意味她在病痛中的生活。

"他们相信地上所有东西的存在都是有其理由的。"另有一次亚纪说道，"宇宙中所有东西都是有其目的的，不可能突然变异或发生意外。之所以看上去那样，是因为缺乏理解。就是说，人们缺乏足以理解这点的智慧。"

"得无脑症的婴儿也有其理由?"我说。

"什么呀，那?"

"生下来就没有脑子的婴儿嘛。听说有个计划要把他们的心脏移植到因严重心脏障碍而遭受痛苦的儿童身上去。或许从这上面可以找出无脑症婴儿出生的理由。"

"我觉得不大对头。理解不等于利用。"

由于持续贫血，亚纪脸色苍白。仍在接受输血。头发几乎掉光。

"人死也有理由，你认为?"我问。

"有的。"

"既然有正当的理由和目，那为什么不想回避呢?"

"因为我们还不能完全理解死。"

"一次不是谈起天国么，你说不相信来世和天国。"

"记得。"

"如果说人死有意义，那么不认为也有来世和天国，岂不是不合逻辑?"

"为什么?"

"因为人一旦死了，不全都完了? 如果没有下一步，死不可能有什么意义。"

亚纪眼望窗外，似乎在思考我说的话。天守阁白色的身姿从郁郁葱葱的城山树林中显露出来，几只老鹰在上面飞。

"我么，觉得现存的东西里面什么都有。"亚纪终于开口，字斟句酌地说，"什么都有，就是说什么都不缺。所以没必要向神请求欠缺的东西，没有必要向来世或天国寻求什么，因为什么都有。关键在于发现它。"她停了停，继续下文，"现在这里没有的东西，我想死后也还是没有。只有现在这里有的东西死后才会继续有。倒是表达不好……"

"我喜欢你的心情现在就在这里，所以死后也肯定继续有，是吧?"我接道。

"嗯，是的。"亚纪点头，"我想说的就是这个，所以不必悲伤或害怕。"

3

从医院咖啡馆里，可以望见灰云低垂的天空。和亚纪母亲面对面坐着，让我有点紧张。桌子上放着两杯变凉的咖啡。

"关于亚纪的病，"一直闲聊的亚纪母亲有些唐突地开口道，"朔太郎，可知道白血病？"

我暧昧地点头。心脏开始剧烈跳动，全身的血管仿佛流进冰冷的酒精。

"那么，大体怎么回事你就知道了。"说着，她嘴唇碰了下杯口，"想必你已察觉了，亚纪是白血病。眼下正用药消灭致病细胞，想吐和掉头发都是因为这个。"

亚纪母亲像要观察我的反应似的扬起脸。我默然点头。她长长吐了口气继续说下去：

"由于药物作用，坏细胞好像消失了很多。大夫也说病情会一时性好转，甚至可以出院。但是不能一次全部消灭。一来药性强，二来同样治疗要反复好几次。时间最低两年，看情况也可能五年。"

"五年？"我不禁闭住嘴巴。如此痛苦莫非要持续五年？

"这样，跟大夫也商量了，一时性好转出院的时候，想带亚纪去一次澳大利亚。好不容易盼来的修学旅行那孩子没去成。病情复发,又必须住院专心治疗。如果可能的话,想在那以前带她前去。"她停下来,往我这边看着。"所以想跟你商量件事:如果你肯一起去,我想亚纪也会高兴,你看怎样? 当然,如果得到你的同意,我们打算再求你的父母……"

"我去。"我毫不犹豫地回答。

"是吗,"亚纪母亲似乎多少放下心来,"谢谢!"她说,"我想亚纪也一定高兴。还有,一段时间里请把病名瞒着亚纪——这也是大夫的意见——继续说是再生不良性贫血好了。当然,必须告知真正病名那一天早晚会来到的,毕竟可能长期过病痛生活。不过,打算在治疗多少告一段落后再把病名告诉本人。"

我用图书馆电脑检索,把有关白血病的书一本接一本看了一遍。无论查对哪一本书,其发病后的过程和治疗都和亚纪一个月来的住院生活相一致。接连出现的副作用大概是使用抗白血病药造成的。以此剿杀白血病细胞,正常的白血球随之消失,因此容易感染细菌和微生物之类。这样,为何接受穿用防护服技术指导也就可想而知了。一本书上写道,当今白血病有七成可以一时性治愈,其中也有彻底根治的例子。这就是说,即使当今根治恐怕也是罕见的。

放学回家途中仰望天空,洁白的云絮沐浴冬天的阳光闪闪生辉。我在路上止住脚步,久久望着云絮。我想起暑假两人去小岛时见到的积雨云。那时亚纪白皙的肌肤、健康的肢体都已成为过去。好半天我想不成东西。后面来的自行车铃声好歹让我回过神来。再望天空时,刚才的云絮由于阳光照射的角度似乎多少黯淡下来。时间流逝得多么迅速、多么富有悲剧性啊!幸福简直就像时刻改变姿形的云絮,时而金光闪闪时而黯然失色,一刻也不肯保持同一状态。再辉煌的时刻也转瞬即逝,一如心血来潮、一如逢场作戏。

晚间睡觉时,我已养成在心里祈祷的习惯。现在已不再思考神是否存在。我需要神那样的存在作为自己个人祈祷对象。较之祈祷,或许称为交易更合适。我想同具有超人智慧的万能存在进行交易:假如亚纪能够康复,我宁可自己代她受苦。亚纪在我的心目中实在太大了,自己似已微不足道。恰如太阳光遮蔽其他星球。

每天晚上我都这么想着、祈祷着入睡。然而早上醒来,自己依然神气活现,遭受病痛折磨的仍是亚纪。她的痛苦已不是我的痛苦。我诚然也痛苦,但那不过是把亚纪的痛苦以自己的形式感受一下罢了。我不是亚纪,也不是她的痛苦。

4

病情似乎进退相持不下。她的心情也随之时浮时沉。既有快活地谈天说地的时候，又有一看就知道她灰心丧气、不管自己说什么都不痛快应答的时候。那种时候觉得亚纪好像不再需要我了，在病房的时间也似乎成了难以承受的义务。

我对照从书上学得的知识，猜想亚纪对抗白血病药剂的反应可能不妙。这种治疗倘不顺利，那么除非进行骨髓移植才有治愈希望。亚纪心情好时，一边看旅游指南一边聊澳大利亚。但是否真能成行，两人都半信半疑。亚纪母亲后来也没再具体说起。

"接受这么痛苦的治疗，病得相当不轻啊！"亚纪在床上难受地闭起眼睛说。

"就算病得不轻，也肯定能治好的，所以才要接受痛苦的治疗。"我最大限度地把她面对的现实往好的方面解释，"若没有治好的希望，岂不应治得轻松些才是？"

可是她不听这样的逻辑。"时常想偷偷溜出医院，"她强调说，"好像自己没心思再接受这样的治疗了，每天都惶惶不安。"

"有我陪着。"

"有你在的时候还好。可你回去后,吃完晚饭随着熄灯时间来临,就觉得非常难熬。"

由于发高烧,一连好几天不能会面。似乎白血球的减少引起了感染。用了抗生素,但烧始终不退。我开始对医院的治疗怀有疑问。亚纪母亲也说了,用抗白血病药之后,病情往往一时性好转。但是怎么等也没说可以出院。这意味没能顺利达到一时性稳定状态。是亚纪病情棘手还是医生治疗方案欠妥呢?不管怎样,照此下去,治疗当中她的身体就可能支撑不住。

"我想我怕是不行了。"相隔许久见到时,亚纪以可以让人感觉出余烧的红红的嘴唇说。

"没那样的事。"

"总有那样的预感。"

"那么气馁可不行的哟!"我不由加重语气。

"连你都训我了啊。"她凄然垂下头去。

"谁也没训你的。"说罢,我转念问道:"谁训你来着?"

"全都。"她说,"叫我振作精神,叫我多多吃饭,叫我增强体力……我说只想吐什么都吃不下,就说因为我没有吃药。可想吐的时候药也吃不下的么。"

那时候亚纪也好像已经知道自己得的什么病。看样子,就算别人没讲,她自己也完全明白了。

"自己怎么会死呢?现在都想像不到。可是死已经来到了眼前。"

"怎么想的那么糟糕呢?"我带着叹息应道。

"今天早上听大夫说了血液化验结果。"她似乎想说自己的悲观有充分根据,"说仍有坏细胞,还要用药治疗。那坏细胞,肯定指白血病细胞。"

"问了大夫?"

"不敢问那种事,怕。"她以沉思的语声继续道,"这以前已经用了各种各样的药,可是仍不能把坏细胞杀死。为了杀死残留细胞,想必需要更厉害的药。问题是我实在忍受不下去了。这样子下去,没等病治好,药倒先把我害死了。"

"我想不是药力不够,而是药是否对症问题。所以,就算用其他药,副作用也不一定都那么强。"

"是不是呢?"亚纪想了一会儿,像苦于得不出结论似的叹息一声。"昨天还有信心来着,对于自己能够好转。可现在觉得甚至活明天一天都很难忍受。"

走出医院回家路上,一种可能失去亚纪的预感如黑墨汁淌进我的脑海。蓦地,想直接跑去哪里的念头俘虏了我。跑得远远的!跑去可以忘掉一切的地方!此刻我一个人走在几个月前两人一起走的这条路上。再不能两人同走这条路的预感犹如无法消除的图像紧随不去。

新采用的药,副作用仍然很强。呕感好歹压下去后,紧接着口腔发炎无法进食。营养只能再次靠打点滴维持。

"已经可以了。"她自言自语地说。

"什么可以了?"

"即使病治不好,我想好了,就学土著人的人生态度——既然万物存在都有理由,那么我的病也一定有真正的理由。"

"人所以得病,是为了战胜它变得坚强。"

"可以了。"她静静闭起眼睛重复道,"已经累了,对治疗痛苦的忍耐也好,对病的种种思考也好。想你我两人同去没有病痛的国度。"

虽然她在述说希望,而口气却那么绝望。这点反而促使我再跨进一步。

"最后两个人去!"我说。

亚纪睁开眼睛,探问似的看我,眼睛显然在问"去哪儿"。我本身也不清楚我们要去哪里。也可能仅仅把力图逃避现实的愿望说出口罢了。但在诉诸语言那一瞬间,我为自己说出的话惊住了,觉得这无意中说出的话语仿佛指向未来的路标。

"一定把你领出这里。"我再次强调,"在最后关头就这么干!"

"怎么干?"亚纪以嘶哑的声音问。

"办法我来想。我不愿意像爷爷那样。"

"爷爷?"

"让自己的孙子盗亚纪的墓。"

她眸子里透出迷惘。

"两人去澳大利亚好了!"为了封住她的迷惘,我把话具体展开,"不能让你死在这样的地方!"

　　她眼睛下视,像在思考什么。稍顷,扬起脸,定定凝视我的眼睛,微微点了下头。

5

亚纪一天比一天衰弱了。头发差不多掉光,全身上下现出小小的紫色渗血斑,手脚浮肿。没时间犹豫下去。我开始认真考虑如何把她领去澳大利亚。为此搜集资料,研究旅行方案。所幸,修学旅行时办的护照签证尚未过期。最先考虑的是有当地导游陪同的全包旅游。这个最安全最保险。但申请手续相当繁琐,很难马上出发。况且未满二十岁需要有监护人的同意书。

飞机票也颇费神思。因是带重病患者旅行,格外便宜的票危险太大。而正常票价一个人就需四十万日元①左右。另外出发日期定在哪天也是个问题。毕竟不可能问她的主治医生,也无法预料一两周后的身体状况。

"想尽快出发。"亚纪说,"因为注射和点滴一停呕感就会消失。时间越长体力消耗越大。想趁多少有点力气时动身。"

查来查去,最后觉得澳大利亚航空公司的区域环游票最为现实。一个人十八万日元即可,而且交一点点手续费后,

----

① 1万日元约合740元人民币(2004年1月)。

临出发时也能退票。因为要看亚纪的身体状况如何,所以出发日期很难确定。如果当天不能出发时可以退还票款,那么还可以等待下次机会。同时我还得知,由于能够用电脑查询所剩座位,订票马上就有结果告知。

最大问题到底是钱。订票当时就要买票。存款倒是有十万日元,但无论如何都不够。不够部分如何筹措呢?而且又要马上……我能想出的办法只有一个。

"五十万?"祖父听得金额瞪大了眼睛。

"求你了。工作后肯定还上。"

"那么大笔钱,到底想干什么?"

"别问缘由,只管借给我好了。"

"哪有那个道理!"

祖父把波尔多干红倒进两个玻璃杯,一杯递给我。

"跟你说,朔太郎,"祖父以亲切的语气招呼我,"你知道我的秘密,我把最后的心愿托付给了你。而你却不肯把自己的秘密坦言相告。"

"对不起,只这个不能说。"

"为什么?"

"爷爷你喜欢的人已经不在人世了,不在人世的人可以坦言相告,可是还活着的人是不能说的。"

"有那种艳遇色彩?"

"不是什么艳遇!"

话音刚落,我一直忍耐的情感决堤般一泻而出。祖父不知所措地看着忽然放声大哭的我。我哭了很久很久。哭罢，喝葡萄酒。祖父再也没问什么。我们默默喝着葡萄酒。

不觉之间，在沙发上睡了过去。醒来时，身上盖一条毛毯。快十一点了。

"节子来电话了。"祖父从正看的书上抬起头，"好像挺担心的。今晚就住下吧？"

"不了，回去。"我昏昏沉沉回答，"明天要上学。"

祖父若有所思地看一会儿我的脸，尔后站起身，从隔壁房间拿来邮局存折，放在茶几上。

"密码是圣诞节。"

"我的生日？"

"本来想在你上了大学后才给你。可是事情有个时机问题。至于你想做什么我不知道。既然不想说，不说也罢。只有一点想问：那可是现在不做就会后悔的事？"

我默然点头。

"是吗，那好，"祖父果断地说，"那么你就拿去。应该有一百万。"

"可以么？"

"注意采取有良知的行为，"祖父说，"因为不是你朔太郎一个人的事。"

我继续搜集有关澳大利亚的资料。看旅游指南、咨询旅行社、用传真从旅游信息中心调来情况介绍。在此基础上，趁亚纪父母不在时商定计划。

"订十二月十七日的机票。"我说。

"我的生日?"

"总觉得这个日子吉利。"

她浅浅一笑,用细微的语声说:"谢谢。"

"起飞是夜间。"我继续说明,"傍晚离开这里。正是吃晚饭时间,我想容易脱身。只要搭出租车赶去电车①站,往下就自由了。"

亚纪闭起眼睛,似乎在脑海里描绘那幅场景。

"在飞机上过一夜,第二天早上到凯恩斯。找地方休息一下,乘澳大利亚国内航班去艾尔斯红石。度假区有山庄那样的旅馆,应该比较便宜。若不打算回来,随便住到什么时候都行。"

"觉得真能成行了。"她睁开眼睛说。

"一定成行! 不是讲定带你去的么。"

我用祖父给的存折提了款,在旅行社买了机票。海外旅行保险也加入了。意外费事的是兑换澳大利亚元。一般银行不受理。澳大利亚·新西兰银行没问题,不巧我住的地段没有营业所。只好给市内银行一家接一家打电话,总算找出一家兑换澳大利亚元的银行,当即换了旅行支票。

最后剩下一个重大问题,那就是如何拿出亚纪的护照。

---

① 电气列车。

"毕竟不好让家人拿来。"

"有弟妹倒是可以相求。"

亚纪和我同是独苗。她说护照在书桌抽屉里,几乎没机会用,现在肯定也在。她家我去过几次。只要能进去,拿出轻而易举。起初商量的是合法进入,但怎么也想不出访问借口。

"只能偷出来。"我说。

"到底别无他法。"

"问题是怎么潜入。"

"我来画房子草图。"

她在本子上画图,开始帮我做案。

"我觉得自己好像总干这种事啊。"我蓦然冷静地反省自己。

"对不起。"她有些可怜我似的说。

"想尽快当回地道的高中生。"

第二天看完亚纪,我在对面咖啡馆一边消磨时间一边等待下班后的亚纪父亲来医院。咖啡馆位于面临大街的二楼,从靠窗座位可以清楚地看见医院停车场。车记得,不至于看漏。守望一个来小时,亚纪父亲的车从正门驶入停车场。马上就到七点。我看清他下车之后,离开咖啡馆。

我飞一样骑自行车朝亚纪家奔去。她家住的是祖父那代传下来的旧木屋。进得房门,走下屏风后面"吱吱呀呀"的楼梯,就是她面对水池的房间。从外面进入感觉是地下室,但从后院看则是一楼。因建在有落差的地基上,房子结构复杂,以致产生这种奇妙现象。亚纪画的潜入路线,须先从后面树篱进入院子,再把水池旁边的贮藏室的门弄开。贮藏室后头有条通道被旧木箱挡住,移开木箱进去,是正房仓房那样的地方。这地方应是她房间的后侧。

　　贮藏室的合叶松了,一碰就掉了下来。旧木箱也好歹移开。按她说的路线排除障碍物前行,很快来到有印象的房间跟前。轻轻打开拉门,房间里一团漆黑,微微的霉气味儿挟带着令人怀念的气息。我打开身上带的手电筒,检查她的书桌。护照马上找到了。关抽屉时,发觉桌面上放一块小石头。握了握,凉瓦瓦的石头感渗入掌心。莫非亚纪时不时这么把小石头攥在手里不成?

　　稍微撩开窗帘,可以看见昏暗窗外的水池。水池沐浴着院里亮着的荧光灯,许多锦鲤在里面游动。一次我和亚纪站在这里眼望水池,默默注视池里悠悠然游来游去的鲤鱼们。拉合窗帘,我再次环视亚纪的房间。与窗口相对的一侧放一个衣柜。她告诉我最上面的抽屉有她的银行存折。为修学旅行存的钱应该分文未动。但我没拉出她让我拉的这个抽屉,而拉出另一个抽屉。里面整齐叠放着亚纪的衬衫和 T恤。我把一件拿在手里。往脸上一贴,她的气味儿连同洗衣粉味儿微微传来鼻端。

　　时间已过去好一会儿了。我本想快些离开这里,但身体动弹不得。我很想就这样待下去,想把房间所有东西拿在手里、贴在脸上、嗅一嗅气味儿。隐约留下的亚纪气味儿搅拌我心中的时间残渣。刹那间,我陷入令人目眩的欢喜漩涡中,那是仿佛心壁一条条细褶急剧颤动的甜美的欢欣。第一次把嘴唇贴在一起时、第一次紧紧拥抱时的愉悦复苏过来。然而这辉煌的漩涡下一瞬间即被悄无声息地吸入黑暗的深渊中。我手拿亚纪的衣服呆呆伫立在漆黑的房间里。对于时间的感觉偏离正轨。我陷入一种错觉——觉得自己已然失去她,现在是为了查看她的遗物走进这个房间的。这是奇特而鲜活的错觉,就好像在追忆未来,被未来既视感所俘获。我赶开沁入我每个细胞的亚纪气味儿,勉强走出房间。

　　我向亚纪报告顺利拿出护照。

　　"往下只等出发了。"她静静地说。

　　"旅行准备大体就绪。最后买点零碎东西,打好行李就算完事。"

　　"给你添的麻烦实在太多了。"

　　"别说怪话!"

　　"时常有怪怪的念头。"亚纪仿佛沉浸在自己的思绪里,"甚至想自己是不是真有病。有病的确有病,但躺着的时间里也在想你,觉你总在我身边——这样就没了有病的感觉。"

　　我用里面的牙齿咬碎感情。

　　"瞧你,直到最近还哭鼻子,说吃不下饭来着!"

"真的。"她淡然一笑,"现在心情非常特别。脑袋里给病塞得满满的,却根本想不成病;那么想逃出这里,现在却搞不清楚想逃避什么。"

"不是逃,而是出发。"

"是啊,"她象征性地点一下头,闭起眼睛,"近来经常梦见你。你也不时梦见过我?"

"每天都看见真人,用不着做梦。"

亚纪悄然睁开眼睛。那里已没有惶恐和不安的阴影,有的只是密林深处的湖水一般沉静的神情。她便以这样的神情问:"如果真人看不到了呢?"

我没有回答。也无法回答。那样的可能性不在我想像力的范围内。

6

晚饭从六点开始,这个时间来探望的人一般都要回去。快六点时,有送饭小车在走廊排开。住院患者从中取走自己那份,在病房进餐。也有人从会客室里的水壶里往保温瓶或茶杯倒茶。我们决定利用这段忙乱时间逃出医院。

看望完亚纪,我走出医院在一路之隔的咖啡馆二楼等待时机。不久,在睡衣外面套着对襟毛衣的亚纪随同从正大门回去的探病客人一起走出。她像平时那样戴一顶绒线帽子。我走出咖啡馆,叫住一辆路上的出租车,她正好走到。我向面露惊讶神色的司机讲出目的地。

"顺利?"

"我装作出去打电话的样子出来的。"

"心里感觉呢?"

"倒不能说最佳状态。"

旅行用品已事先存放在车站投币式贮存箱里,大包一个,随身带上飞机的小包两个,还有一个纸袋装有我准备的亚纪衣服。一个贮存箱不够,分别装在两个里面。全部取出后,成了不算少的行李。

"先把这个换上,"我看着身穿睡衣的亚纪说,"都在这里面呢,换上。"

"全是你准备的?"

"衬衫和 T 恤是从你房间里偷来的。还有我的牛仔裤和夹克,怕是大些。"

不大工夫,换穿完毕的亚纪从洗手间出来。

"不坏。"我说。

"一股阿朔味儿。"她把鼻子凑近夹克袖口。

"也许冷一点儿,要坚持到坐上电车。澳大利亚是初夏。"

票已买好。穿过剪票口走上月台到车进站的时间里,胸口还是"呼呼"跳个不停。总觉得她父母可能马上追来。好歹钻进列车在空自由席上坐下之后,才有一种如释重负之感。

"好像在做梦。"

"这可不是梦。"

我把在等待亚纪从医院出来时间里买的蛋糕从盒里拿出。小虽然小,却是蛮像样的花式蛋糕。

"为我?"

"蜡烛也准备了。粗的一支算十岁。"

我把蛋糕放在亚纪膝上,竖起表示十七岁的蜡烛。正中一支是粗的,周围是七支小蜡烛。

"全是洞洞。"我说。

亚纪微笑着一言不发。我用一次性打火机点燃。闻得气味儿,近处的乘客费解地往这边看着。

“生日快乐!”

“谢谢!”

黑暗的窗口映出烛光。

“好了,吹灭!”

亚纪脸凑到蜡烛跟前,噘起嘴唇吹下去。一次吹不灭,吹了两三次,八支蜡烛总算熄了。看上去,光吹蜡烛她就已筋疲力尽。

“没小刀,就这么吃吧。”

我把透明塑料做的小勺——平时用来吃布丁的玩意儿——递过去。我规规矩矩吃了半边,亚纪只吃了一小口,其余几乎没动。

“可也真是怪!”

“怪什么?”

“把十二月十七日当秋天不是有点儿勉强?”

她以不明所以的眼神往我这边看。我继续道:

“感觉上不是冬子或冬美什么的吗?从生日上说。”

“你认为我的名字是指秋季?”

我们不由对视。

“瞧你!”她一副目瞪口呆的样子,“那么说,一开始你就弄错了。”

“错?”

"我的亚纪是白亚纪的亚纪①。"她解释说,"这白亚纪么,在地质时代也算是新的动物、植物发生和茁壮成长的时期,如恐龙和蕨类植物等等。希望我也像这些植物那样茁壮成长——名字里含有父母这样的心愿。"

"恐龙一样茁壮?"

"真不知道?"

"一直以为肯定是春夏秋冬的秋。"

"学校里的名册没看?"

"因为最初遇见时我就以为是食欲大增的秋天的'秋'。"

"你也真够自以为是的。"亚纪笑道,"也罢,既然你那么以为——仅仅是你我两人之间的名字。感觉上有点儿像另一个人。"

列车一边停靠站台一边向机场所在的城市不断奔驰。两人同坐列车,自五月去动物园以来还是第一次。那次是有目的的旅行。这次也算是有目的。但我现在已搞不清楚那个场所是否存在于地上。

"我刚发觉一件重大事情。"

"又是什么?"眼往窗外看的亚纪懒懒地回过头来。

"你生日是十二月十七日吧?"

"你生日是十二月二十四日,对不?"

---

① "亚纪"在原文中一直写作"アキ",而"秋"和"亚纪"的发音都是"アキ"。白亚纪,中文称"白垩纪"。

"这就是说,我来到这个世界上后,没有亚纪这样的事还一秒钟都不曾有过。"

"那怕是的。"

"我来到的世界是有亚纪的世界。"

她困惑似的蹩起眉头。

"没有亚纪的世界完全是未知数。甚至是不是存在那样的东西都不知晓。"

"不要紧的。我不在了世界也照样在。"

"天晓得!"

我看窗外。黑乎乎什么也看不见。座席小茶几上放的蛋糕映在黑暗的窗玻璃上。

"阿朔?"

"那张明信片到底是不该写的。"我拦住她的语声,"写了那种事。是我唤来了你的不幸。"

"别说了,让人伤心。"

"我也伤心。"

我再次把目光投向窗外。一无所见。无论过去还是未来……吃了一半的蛋糕仿佛受挫的梦。

"我等待阿朔降生来着。"稍顷,亚纪以温和的声音说,"我一个人等在没有阿朔的世界里。"

"只是一星期吧?你知道我将在没有亚纪的世界上到底活多长时间呢?"

"时间长短怕不是什么问题。"她一副老成语气,"我和你在一起的时间,短是短,但非常幸福,幸福得很难再幸福了。我想我比世界上任何人都幸福。即使现在这一瞬间……所以,我已心满意足。一次两人不是说过么,现在这里存在的,我死后也将永远存在下去。"

我长长喟叹一声:"你太不贪心了!"

"不,我也贪心的,"她应道,"喏喏,我不是不打算放弃这幸福!我打算把它带走,无论哪里,无论多久!"

车站到机场很远。应该有大巴运行,但时间紧迫,遂搭出租车。汽车在黑暗的街上持续行驶。飞机场位于郊区海滨。仿佛两人一同构筑的宝贵回忆在窗外稍纵即逝。我们是在向未来飞奔,然而前方看不到任何希望。莫如说离机场越近绝望——唯独绝望——越大。快乐的往日去了哪里呢?为什么现在这般难受呢?由于太难受了,很难认为这种难受即是现实。

"阿朔,纸巾带了?"亚纪用手捂着鼻端问。

"怎么了?"

"鼻血。"

我把手伸进衣袋,掏出街头别人递给的小款额融资公司的纸巾。

"不要紧?"

"嗯,马上就会止住。"

可是下了出租车后血还是没有停止。纸巾已经吸足了血变得鼓鼓囊囊。我从旅行包里取出毛巾。亚纪用毛巾按住鼻子在大厅沙发上坐下。

"返回去吧?"我战战兢兢地问,"现在票还可以取消。"

"领我去!"亚纪以可以听清的细微声音央求。

"还可重新来,别勉强。"

"现在不去,绝对去不成的了。"

她脸色铁青铁青。想到这样子坐上飞机、路上进一步恶化的情形,我心里充满不安。

"还是返回吧!"

"求你了!"

亚纪拉住我的手。手已肿胀,渗出紫色斑点。我一回握,有指痕印出。

"明白了。我这就去办登机手续,在这等着!"

"谢谢。"

我开始往航空公司服务台那边走。一切丢开不管,只管跟亚纪去好了,没什么好怕的! 未来当然无从谈起,唯独现在——我觉得现在会永远持续下去。

这时身后传来一声响动,似乎东西落地的声响。回头一看,原来亚纪倒在了沙发下。

"亚纪!"

我跑到的时候,人们已围了上来。鼻子和嘴一片血红。呼唤也没有回音。来不及了! 一样也没有来得及——和亚纪结婚也好,要两人的宝宝也好,就连最后唯一剩下的梦幻也即将化为泡影。

"帮帮忙！"我对围上来的人说，"求诸位帮帮忙！"

机场工作人员赶来。好像有人去叫救护车。可救护车又能把她拉去哪里呢？哪里也去不成！我们被永远钉在了这里。

"求诸位帮忙、帮帮忙啊……"

声音越来越小，最后成了面对人事不省的亚纪的不断重复。我的诉求对象，既不是亚纪又不是周围人群。我是面对巨大的存在物、以只有自己听到的语声反复诉求不止。帮帮忙、帮帮亚纪的忙、把我们救出这里吧……但声音未能传到。我们哪里也没去成，唯独夜越来越深。

7

深夜,亚纪的父母和我的父亲赶到亚纪被抬进的医院。亚纪的母亲一瞥看见我,当即背过脸去哭得倒下身去。亚纪父亲一边挽扶她,一边从妻子肩上看我,微微点了下头。他们在走廊听医生介绍病情,然后走进病房。父亲在我坐的长椅上挨我坐下,手放在我肩上,没有开口。

令人窒息般的时间流逝着。这当中,父亲把装在纸杯里的咖啡拿给我。

"热!"他说。

但我感不到热。我小心拿着纸杯,直到咖啡变凉。若不然,在感觉不出热的时候喝下去很可能把嘴烫伤。

大约过了二十分钟,亚纪父母从病房走出。亚纪母亲用手帕捂着眼角,哽咽地对我说"去见见吧"。我按护士吩咐换上无菌服,戴上帽子和口罩。亚纪在隔离室里。手腕上扎着点滴针,正在吸氧。拿起没打点滴的手腕,她静静睁开眼睛。房间里只我们两人。

"永别了,"她说,"别悲伤,嗯?"

我有气无力地摇头。

"因为除了我的身体不在这里,没有什么可悲伤的。"停了一会,她继续道,"我觉得天国还是有的,觉得这里就已经是天国。"

"我也马上去的。"我终于说出一句。

"等你。"亚纪漾出极有梦幻意味的微笑,"不过,别来得太早。因为即使我不在这里,我们也总在一起的。"

"知道。"

"再把我找出来,嗯?"

"这就找出来。"

呼吸略微急促起来。她调整了一会儿呼吸。

"还好,"她说,"知道自己去哪里。"

"亚纪哪里也不去。"

"啊,是啊。"她点下头,合起眼睛,"我本想说这我知道。"

亚纪似乎一点点远去了——她的语声、她脸上的表情以及我握着的手……

"记得夏天的那一天?"她问,仿佛风把快要熄灭的火炭吹亮。

"一只小船在海上漂流……"

"记得。"

亚纪在口中开始说什么,可是我再也听不清了。她走了,我想,她远去了,唯独留下立体水晶般的回忆。

湛蓝的夏日海面在我脑际铺展开来。一切都在那里,一无所缺。我们拥有一切。然而,现在当我要触摸那回忆时,我已满手是血。我多么想永远那样漂流,多么想和亚纪两人成为那海面的光闪。

8

码头的栈桥从雾霭中浮现出来。波浪静静冲洗岸边石砾的声音传来耳畔。野鸟在后山鸣啭，并且好像不是一种而有好几种。

"几点?"亚纪从床上问。

"七点半。"我觑一眼手表回答,"有雾,但很快就会晴吧。好像又是一个热天。"

我拿起东西下楼,在后院水槽洗脸。早餐用面包和果汁对付一顿。到大木开船来接还有三个钟头。我们决定船来前去海岸散散步。

由于下了场雨,是这一季节里格外凉爽的早晨。通往海岸的路铺着混凝土。如今混凝土已四分五裂,矮棵杂草从裂缝里钻出。杂草仍带着昨晚的雨珠。我们几乎不交谈,沿海岸慢慢踱步。更衣室里拉的蜘蛛网沾有水滴,在太阳光下闪着柔和的光。

在水边走动时,亚纪拾起一颗小石子。

"喏,形状像猫脸。"

"哪里像哪里?"

"这是耳朵,这是嘴巴。"

"真的像。拿回去?"

"嗯,作为同你来这里的纪念。"

我们在栈桥坐下看海。正看着,大木的船按约定时间开来。

"哎呀,老妈的情况不妙。"他一边扔缆绳一边开口来了这么一句。

"已经可以了。"

"可以了?"

大木诧异地看亚纪。亚纪略微红了脸,低下头去。

"动身吧!"我说。

东面的天空涌起巨大的积雨云。云的上端又尖又滑,被太阳照得如珍珠一样灿然生辉。大木操纵的小船快速前进。左边可以看见海水浴场,游乐园的摩天轮和过山车的钢轨也出现了。雨水洗涤过的山峦沐浴着夏日阳光,绿得那么浓那么鲜,如腾空的绿焰。海面平稳,几乎没有波浪。水面飘浮着很多水母。船用船尖拨开水母行进。

"没听见什么?"途中亚纪问。

船来到小岛北端。巨大的岩石朝海面压来,其周围也有尖尖的黑石岩探头探脑。我侧耳细听,却什么也没听到。

"刹住引擎!"我朝大木吼道。

"什么?"大木按下油门。

船安静下来后,不知从哪里传来"哞、哞"的低声呻吟。呻吟以同一声调周期性重复,是以前从未听过的令人惧怵的声音。

"什么呢?"亚纪问。

"洞穴。"大木回答,"岛边有洞穴。"

大木推上油门开船。不料,开了一会儿,马达旋转速度慢了下来,不久,发着"噗噗"声响彻底停止转动。大木从船外机拉出绳子,再次发动引擎。但无论折腾多少次,都只是"吐噜噜"傻叫,引擎无动于衷。

"我拉,你握住操纵杆!"

我用力踩住船底,猛拉船外机的绳子。拉了一次又一次,忽然"呼呼"几声,引擎总算打着了。可是转了几圈大木刚一提油门,又"吐噜噜"停下。

"不成了。"大木说。

"对不起,怪我乱说话。"

"不关你广濑的事。"

"对了,用无线求助!"我说。

"一开始就没配无线的嘛。"大木无精打采地回答。

船缓缓随潮漂游。梦岛在海面远处隐隐约约。我和大木从工具箱里取出螺丝刀,卸下船外机罩,但搞不清故障出在哪里。

"好像没什么不正常啊……"大木歪起脑袋。

"不是油没有了?"

"哪里,还有。"

"如何是好呢?"亚纪一副担忧的样子。

"很快有船经过的。"大木安慰道。

偏午时分下起了雨。我们仰脸朝天任凭雨打。雨很快停了,再次艳阳高照。船漂流的前方一个岛影也没有。

"这么看来,海是带一点弧形的。"下巴搭在船边的亚纪朝远处伸展的水平线眯起眼睛。

"地球是圆的嘛。"我说。

"圆却有水平线,怪事。"

"的确。"

"地球像个平底盘,海在远处像瀑布一样流进里面——肯定是人们这样认为那个时候遗留下来的说法。"

我们望着好一会儿眩目耀眼的水平线。正望着,大木叫道:"船!"回头一看,一只渔船朝这边开来。我们站起身,朝船大大挥手。船放慢速度,进一步靠近。相距五六米远的时候,年长的渔民招呼大木:

"不是龙之介吗?"

我小声问:"认识?"

"住在附近的,叫堀田。"

大木对渔船主人说了原委。堀田扔过缆绳,大木系在小船前端。我们的小船由渔船拖着,开始慢慢前进。

"这回好了!"大木放下心来。

"看!"亚纪兴奋地叫道。

往她手指那边看去,只见雨云与蓝天交界处飞起一道长虹。虹越往下越淡,另一端也没形成完整的拱形。我凝目盯视彩虹。盯视时间里,虹的一层层颜色愈发分得微妙。无论红黄之间还是蓝绿之间,都有无数颜色融合进去。风轻柔的指甲像剥离被晚夏的太阳晒伤的脊背表皮一样把它们剥离开来,而由阳光融入空气之中。天空像撒了无数水晶屑一样璀璨夺目。

第 四 章

1

　　亚纪的葬礼在十二月末一个冷天举行。一清早就阴云低垂,哪里也不见太阳。学校也来了很多学生和老师参加。我想起初三圣诞节亚纪的班主任老师去世时的情形。那时亚纪念悼词来着。正是两年前的事。我无法真切感受两年这段岁月。不觉长也不觉短。似乎对时间的感觉本身都已彻底失却。

　　学生代表念悼词的时候,铺天盖地下起了米粒雪。场内有些哗然,但悼词一直念到最后。女孩子多数哭了。不久开始上香。人们依常规焚香、在祭坛前合掌。扬起脸时,亚纪的遗像就在眼前。她以十全十美的美少女形象嵌在相片里。因此,相片里的亚纪一点儿也不像她。至少不是我所熟悉的亚纪。

　　出棺时参加葬礼的人几乎只送到寺院大门那里,而我被允许跟去火葬场。我和亚纪的亲属乘坐葬礼公司的面包车,跟在最前边的灵车后面缓缓移行。不时有米粒雪降下,司机每次都启动挡风玻璃的雨刷。火葬场位于郊外一座山谷。汽车爬上杉树拥裹的凄寂的山路。途中经过一个废车场,好几辆报废的汽车扔在那里。还经过一座养鸡场。我怅怅地想着被拉到如此冷冷清清的地方即将被烧成灰的亚纪。

　　眼前浮现的全是她健康时的音容笑貌。上高一的秋天每次沿着暮色中的路把她送到家附近，她那披肩长发都把衬衫的白色衬托得黑白分明。我还记得两人映在混凝土预制块围墙的身影，记得夏日里的一天在我旁边仰游的她——那对着太阳紧紧闭起的眼睑、水面上舒展的秀发、闪着晶莹水珠的白皙的喉颈……想到亚纪这样的身体即将化为灰烬，我感到一种无所归依般的焦虑。我打开车窗，把脸伸在冷空气里。既没成雪又未化雨的颗粒打在脸上融化了。那个想做而没做，这个该做而未做……这些念头一个个纷至沓来，又如打在脸上的米粒雪一样陆续消失。

　　火化时间里，大人们有酒端来。我一个人转去建筑物后面。山坡的土堤紧挨后墙。土堤上长着冬天里枯萎了的黄褐色杂草。黑乎乎的灰扔在垃圾场那样的地方。四周一片岑寂，不闻人语，不闻鸟鸣。侧耳倾听，隐约传来焚烧亚纪的锅炉声响。我愕然抬头望天。那里有红砖烟囱，熏黑的方形烟囱口有烟吐出。

　　感觉上很是不可思议——我在看着焚烧世界上自己最喜欢的人的烟静静升上冬日的天空。我在那里久久伫立不动，眼睛追逐烟的行踪。烟忽而变黑忽而变白，不断向上攀升。当最后一缕烟融入灰色云絮看不见的时候，我觉得自己心里开了一个大大的空洞。

新的一年开始了。亚纪和我一起度过的一年连同旧日历翻了过去。正月①的一个星期是在客厅看电视过的，几乎没有外出，也没去参拜神社。电视上，身穿盛装的演艺界男女或唱歌或表演。他们的面孔和姓名我都不知晓。尽管是彩色电视，但荧屏没有颜色。发出欢声笑语的一群演艺人员看上去只是黑白块体。看着看着，他们随着嘈杂的静寂淡入陌生的光景。

每天的生活，无非像是精神性自杀和复活的周而复始。晚上睡觉前我祈祷永远不要醒来，至少不要在没有亚纪的世界上重新苏醒。然而早晨到来时，我仍在这个没有亚纪的、空虚而冰冷的世界上睁开眼睛，犹如绝望的基督死而复活。一天开始后，我也吃饭，和别人说话，下雨也带伞，衣服湿了也晾干。但都不具任何意义，就像被砸得乱七八糟的钢琴键盘发出乱七八糟的声音。

有个梦反复出现。我和亚纪两人乘船漂浮在风平浪静的海面上。她在讲水平线：水平线这个名称大概是人们认为海像盘子一样平坦、其尽头如瀑布一般倾泻那个时代的遗物。我则这样应答：即使大海尽头如瀑布一般倾泻，那也是极其遥远的，船不可能到达，所以实际上和没有一个样。如此闲谈之间回头一看，大海就在几米远的前面"扑通"一声塌落下来，惊人的水量被无声地吞噬进去，势不可挡。

---

① 日本的正月（即新年）为公历一月（明治维新后停止使用农历）。

我催促亚纪跳入海中,往与瀑布相反的方向游去。从船上看显得风平浪静的大海被迅猛的水流拉向瀑布那边。我们一边抵抗水流一边扑腾手脚拼命游泳。游了一阵子,发觉水的阻力减缓下来,得以从强大的水流中脱身。不料往旁边一看,本应一起游的亚纪不见了。

这时传来呼叫声。一回头,发现亚纪正被吸入瀑布之中。在急流的揉搓下,她的身体如陀螺一样滴溜溜旋转。她一边哭叫,一边双手拍打水面。海水在她身后无声地倾泻。完完全全的无声反而使海的表情变得冷酷。我慌忙往回游。但来不及了,我知道来不及。再早也来不及的,我边游边想。

亚纪的呼叫声远远传来。我大声回叫,不断叫她的名字。然而她的手、她的脸、她那在水面铺开的头发还是被水流吞没了。她睁得大大的、充满恐怖与绝望的眼睛与蓝色的水一起被吞没,再也不见了。

新学期开始后,我心中的空洞依然空荡荡的。同学也没能让我得到宽释和安慰。和他们交谈时我可以装出快乐的样子,但没有快乐的感觉。所说的话语也不伴随任何真情实感。我觉得在同学面前操语说话的自己是那样表里不一。自己说话的声音好像不为自己所有。一来二去,他们的存在让我厌烦起来。我躲避有人的场所,喜欢一人独处。我已经不知道同别人在一起是怎样一种感觉,仿佛世界上只有自己一人。

一回到家,我就摊开参考书和习题集用功。可以闷头学上好几个小时。解析难度大的微积分题和查英语辞典这类劳作丝毫也不觉痛苦。由于没有感情介入的余地,同做其他事相比要轻松得多。尽管如此,还是不时遭遇意外。例如英语长文中出现一个惯用句叫"rain cats and dogs"①。这一来,我就想起和亚纪一起走路遇上倾盆大雨的那天。带伞的是她。我们在一把伞下肩并肩走在早已走惯的路上。到她家时,两人都成了落汤鸡。亚纪拿出毛巾来,我说反正湿了,就直接撑她的伞往自己家走去。而每次陷入这样的回忆,心就像给盛夏阳光晒伤的皮肤丝丝作痛。

　　无论哪一天都同前一天分离开来。我身上流淌的不再是连续性时间。我失去了同什么相接相连的感觉,失去了有什么在茁壮成长日新月异的感觉。所谓活着,就是自己作为一瞬一瞬的存在而存在。没有未来,也画不出任何蓝图。已然走过的路上滚动着一触即出血的回忆。我一边流血一边翻弄那样的回忆。流出的血不久将凝固起来成为硬痂。而那一来,即使触摸同亚纪在一起的回忆恐怕也一无所感了。

---

① 　或为"It rains cats and dogs",意为倾盆大雨(源自 cats 招大雨、dogs 招强风之迷信)。

2

　正月过后不久，我在祖父家看电视，综合节目里一位有名的作家出场讲起"来世"。"来世"是有的，他说，人以意识与肉体浑融一体的状态存在着，而死使我们把肉体这层外衣脱掉。于是意识如蝴蝶从蛹壳中飞出一样离开死者，向下一世界飞升。那里有可爱的人们、已死的人们。"来世"以种种形式向我们传来信号。但是习惯于合理主义思维方式的人们觉察不到那些信号。因此，必须小心不要看漏来自"来世"的信号。作家这样说道。在我眼里，他像是个十分不修边幅的人。

　"爷爷你怎么看呢？"节目结束后我试着问，"来世可是有的？有能够同自己喜欢的人重新在　起那样的世界？"

　"但愿有啊！"祖父仍然看着荧屏。

　"我认为没那东西。"

　"那就够寂寞的了。"

　"死的人就是死了，不可能重新相见。这不是再明白不过的事么？"我有些较真地说。

　祖父现出困惑的神情："真够悲观的！"

　"我一直在想，想为什么人会想出来世啦天国啦那样的

150

名堂。"

"你认为为什么?"

"因为喜欢的人死了。"

"噢。"

"因为许多心上人死了,人们才发明来世和天国。死的总是对方,不是自己。所以活下来的人就想用那样的观念挽救死去的人。但我认为那都是骗人的。来世也好天国也好都是人想出来的幻景。"

祖父拿起茶几上的遥控器关掉电视。

"在我们这个世界上,死是一件残酷的事情啊,朔太郎。"祖父以亲人间的口气说,"没有死后,没有再生,死仅仅是死——死不成了无比残酷的事情?"

"可是作为事实就是那样,有什么办法呢。"

"那怕也是一种见识。"

"基督教徒们说死是美好的,没什么可怕——我从书上看到,十分生气。觉得愚昧、傲慢。死根本谈不上美好,死是悲惨的、是毁灭。这是怎么都改变不了的。"

祖父看着天花板,默然良久。之后依然向上看着开口道:

"据说不论天的孔子在弟子死后,痛哭说天灭我也。主张不生不灭的弘法大师空海①也为弟子之死而不觉落泪。"说到这里,祖父转过脸,"失去喜欢的人为什么会难过呢?"

我默然之间,祖父继续道:

"那恐怕是因为已经喜欢上了那个人的缘故。分别和离世本身并不悲伤。对那个人怀有的感情早已有之,所以分别才凄凄惨惨,才令人追忆对方的面影。而且,哀悼惋惜之情是没有穷尽的,悲伤也好悼念也好都不过是喜欢一个人那种巨大感情的局部表现罢了——可以这么说吧?"

"不明白。"

"就某一个人不在人世了这点想想看。自己从未留意的人即使不在了恐怕我们也不以为然,甚至不在之人的行列都进不去。就是说,我们不希望不在的人不在了,那个人才不在。进一步说来,那个人不在了同样可以是对其怀有的感情的一部分。因为喜欢上了一个人,那个人的不在才成为问题,其不在才会给留下的人带来悲哀。所以悲哀的终极处总是相同的——比如分别是难以忍受的,但迟早还会在一起……"

"爷爷,你认为迟早还会和那个人在一起?"

"你说的在一起不在一起,可是形式上的问题?"

我没回答。

---

① 774~835,平安初期的僧人,804年来唐学习密教,日本真言宗的开山祖,谥号弘法大师。亦工书法。

"倘若以为看得见的东西、有形的东西就是一切，那么我们的人生岂不彻底成了索然无味的东西？"祖父说，"我曾经喜欢的人、曾经熟识的相貌不可能以原样再次出现在自己面前。但是，如果离开形体考虑，那么我们就一直在一起。五十年来，不在一起的时候一刻也不曾有过。"

"那是你的偏执吧？"

"当然是偏执！偏执有什么不好？任何科学岂不都是偏执？大凡人用脑袋思考的事情，不是偏执是不可能的，只是偏执的剧烈程度、强度不同罢了。科学家那些人使用望远镜和显微镜之类来保证自己的偏执。我们不是科学家，使用别的也可以吧，例如爱……"

"刚才你说什么？"

"爱，爱！你不知道爱？"

"知道。可是从爷爷嘴里听来，好像是别的什么。"

"大概因为我口中道出的爱和世间一般人所说的爱似是而非吧。"

老年人的偏执。亚纪死了以后，大人们表现出来的同情和豁达那样的东西在我的感觉里无非欺骗和托词罢了。不伴随实感的东西一个都无法接受。同她已不在这一实感不相谐调的道理我都不屑一顾。

"临终时刻她不想见我。"我把一直压在心头的话说出口来，"好像拒绝见我，你看是因为什么呢？"

"我们两人都没见到喜欢的女子的最后一面啊！"祖父没

有直接回答我的问题。

"为什么她不希望我最后守在身边呢?"

"跟你说朔太郎,"祖父说,"人生是要遭遇种种样样生离死别的。奇妙的是,我们两人有同样的体验。两人都没能同自己喜欢的人在一起,都没见上最后一面。你的痛苦我完全明白。尽管这样,我还是认为人活着不错,人生是美好的。美好这个说法或许跟你现在的实际感受不相吻合,但我的确是这样觉得的,觉得人生是美好的。"

祖父仿佛沉浸在自己的话语里。良久,转过头问我:"你认为美好的实体是什么?"

"pass。"我冷冷应道。

"人生有实现的事情和没实现的事情。"祖父以开导的语气说,"对于实现了的,人们很快忘掉;而对于没实现的,我们则永远珍藏在心里并加以培育。所谓梦想和憧憬,都是这类东西。人生的美好,想必是由对于未能实现之事的向往所体现的。没有实现的并不因没有实现而化为乌有,而是以美好体现出来——实际上已经实现了。"

我拿起遥控器打开电视。电视上全是无精打采的东西,大概过年过累了。

"这么接连转换频道,觉得不在人世的她会走出来似的。"我边说边用遥控器一个个转换频道,"能说上话就好了。"

"像哆啦Ａ梦的道具①那样?"

"算是吧。"

"能不能呢? 若是真发明出能同死去的人说话那样的机器,人岂不变得更坏了?"

"更坏?"

"朔太郎,想到死去的人,不觉得好像有些肃然起敬似的?"

我不置可否,默不出声。祖父继续道:

"对于死去的人,我们不能怀有坏的感情。对于死去的人,不能怀有自私的念头,不能算计。从人的天性来看,似乎是这样子的。你不妨检查一下你对于不在人世的她所抱有的感情。悲伤、懊悔、同情……对现在的你也许都难以忍受,但绝不是坏的感情。坏感情一个也不包括,全都是对于你的成长有营养价值的东西。为什么所珍惜之人的死会促使我们成为善良的人呢? 那大概是因为死与生是绝对割裂开来的,不再接受任何来自生这方面的作用。所以人的死才可能成为我们人生的养料。"

"好像受到一些安慰。"

"不,不是那么回事。"祖父苦笑道,"我是想安慰你,但做不到。任何人都安慰不了你,因为只能由你自己跨越。"

---

① ドラえもん,藤子不二雄漫画书的主人公,其身上的"四次元空间袋"中藏有无数神通广大的"道具"。

"你是怎么跨越的呢?"

"我的方法是设想相反的情形。"祖父像往远方看似的眯缝起眼睛,"设想我先死了会怎么样。那一来,她就必须像我现在这样为我的死而悲伤。扒开墓拿出骨灰那样的事她肯定很难做到,有没有像朔太郎这样体贴人的孙子也是个疑问。这么一想,未尝不可以说我因为留在后面而得以代她承受悲伤,她就可以免受不必要的辛苦。"

"骨灰也给爷爷你弄到手了。"

"你不也是么,"祖父现出乖顺的神情,"你现在为她痛苦。她死了,甚至为自身境遇悲伤都无从谈起,所以由你代她悲伤。可以说,你是替她悲伤。你不就是这样让她活起来了么?"

我试着思索祖父的话。

"还是觉得纯属道理。"

"那就可以了。"祖父和蔼地笑笑,"所谓思索,本来就是这么回事。思索至此穷尽、足矣——你最好认为这是不可能的。就算此时以为足矣,过些时日也还会觉得不足。不足的地方届时再思索不迟。思索之间,自己的所思所想自会逐渐伴有实感。事情就是这样。"

我们闭上嘴,倾听外面的动静。似乎起风了。强风时而摇响阳台窗扇,像要把它掀掉。

"去澳大利亚好了,"祖父亲切地说,"和她一起看看沙漠和袋鼠。"

"她父母像要把她的骨灰撒在澳大利亚。"

"啊,有各种各样的悼念方式。"

"她健康的时候对她讲起和你去偷骨灰的事。"

"是吗?"

"还一起看了我保管的骨灰。"

我观察祖父的反应:祖父仍静静抱着双臂,闭目合眼。

"生气了?"

祖父缓缓睁开眼睛,微微笑道:

"既然交你保管,随你怎么做就是。"

"一起看了爷爷喜欢的人的骨灰,我们接了第一个吻。原因不晓得。本来没打算那样,却自然而然成了那样子。"

"好事啊!"祖父说。

"可是现在她也成骨灰了。"

3

　　给予土著人的未垦地是一片荒凉的沙漠。尤其北部一带不是悬崖峭壁就是灌木丛生。我们乘坐的越野车在尘土飞扬的辙道上剧烈颠簸着前进。沿河边跑了一程,出现一座石头建造的电信转播站。由此往前是荒无人烟绿色斑驳的平原。田地里长着甜瓜。路笔直笔直向前方伸去,望不到尽头。出了城,柏油路不见了。汽车扬起漫天灰尘,几乎看不清后面。过一阵子,田地没了踪影,路两旁成了牛群游动的牧场。死了的牛就那样扔在草原,尸体晒得胀鼓鼓的,一群乌鸦落在上面。

　　现在我们置身于西部片中那样的小镇。镇闷热闷热,到处是灰。加油站旁边有一家酒吧样的餐馆,我们在此吃饭歇息。靠近门口那里有几个男人兴奋地玩投镖枪游戏。昏暗的餐馆里,卡车司机和建筑工人们边喝啤酒边吃肉饼。所有人那俨然波帕伊①的胳膊上都有刺青,从短裤中露出的毛茸茸的腿足有我腰这么粗。

　　"亚纪同学的亚纪,是白亚纪的亚纪?"我问坐在身旁的

---

　　① Popeye,美国漫画家 E·C·锡加所画的报纸漫画中的主人公,船员。

亚纪母亲。

"嗯，是啊。"正在发呆的她惊讶地转过脸，不无生硬地附和道，"丈夫想的名字。那怎么了？"

"以为是季节中的秋字来着，认识以后一直。因为信上总用片假名写作アキ。"

"嫌麻烦，那孩子。"说着，亚纪母亲略略一笑，"广濑的广，其实是这个廣。"她用手指在自己手心写了"廣"字①。

"姓和名写汉字笔画相当多。所以那孩子用片假名写下面的名字，我想。小学开始的习惯。"

亚纪父亲同在凯恩斯雇的当地导游一起出神地看着服务台上的地图。

"从这里往南五十公里的地方，有一块土著人的圣地。"在日本待过一段时间的导游用流畅的日语介绍，"属于禁止进入的地区，但可以取得特别许可。"

"车能进去么？"亚纪父亲问。

"最后要多少走一段路。"

"我跟得上？"亚纪母亲担心地问。

导游男子不置可否地笑笑，小心问道："是去撒府上小姐的骨灰么？"

"孩子够怪的吧？"亚纪母亲回答，"临终时像说梦话一样重复来着。意识也可能混乱了，可我总觉得是回事。不满足

---

① "广"在日文中简化为"広"。但也依旧写作"廣"，多见于人名。

她，我们心里也不释然。"

我往窗外望去。金合欢树阴下，蓄着络腮胡的中年土著人从褐色纸袋里喝葡萄酒。他旁边有几个头戴牛仔帽的黑人少年搭伴儿走过。即使来到澳大利亚，也未能真正感到亚纪已经死了。总觉得她还在哪里，会在哪里不期而遇。

服务生在把硕大的汉堡包和瓶装可乐放在面前。自己很滑稽——一点儿食欲都没有，却一口口吃个不停。

褐色平原无边无际铺陈开去。哪里也见不到像样的树林。干燥的大地唯有杂草提心吊胆地附在上面。风化了的山丘上长着几棵聚在一起的桉树。点点处处躺着据说是火山喷发冲来的巨大石块。几乎见不到动物，导游说大概白天在石阴或洞穴里休息呢。柏油路面早已过去，车时不时被松软的红土陷住轮子。几次从死袋鼠旁边经过。其中一只已经只剩下毛皮贴在红土路旁。而一回头，尸体已被灰尘掩住看不见了。

连续跑了一个小时，忽然出现一片葱郁的森林。森林前面有一条小河流过。水不多，河底长着白泛泛的桉树。河边停着一辆野营车，周围有两家白人在烧烤。导游从车上下来，朝坐在地上喝啤酒的那一家走去，以快活的声调打听什么。对方手托装有烤肉的纸盘，用手指着小河那边。

"说是河对岸那里。"返回的导游对坐在驾驶席的亚纪父亲说，"我来探路。"

导游没脱登山鞋就走进河里，把越野车领到硬实的浅滩。白人一家好奇地朝这边看着。车过得河，导游回到助手席。

　　"好了，往前开吧。"

　　幽暗的森林中有一条沙土路伸向前去。亚纪父亲小心翼翼地碾着扑朔迷离的光亮缓慢地驱车前进。树与树之间勉强裂出缝隙，可以窥见暮色苍茫的天空。天光隐约投在沙地上。

　　"dreaming 指什么，我们还不大明白……"开车的亚纪父亲询问。

　　"dreaming 有几种含义，"导游回答，"一是某个部族神话上的祖先。例如对于具有 Wallaby① 这一 dreaming 的部族来说，Wallaby 就是自己部族的始祖。"

　　"Wallaby，可是动物?"亚纪母亲插嘴。

　　"不不，这种情况下 Wallaby 是作为 dreaming 的 Wallaby，是他们的神话祖先。这个祖先创造了动物 Wallaby 和他们本身，他们和动物 Wallaby 同是始祖 Wallaby 的后裔。"

　　"就是说 Wallaby 族和动物 Wallaby 是兄弟?"

　　"嗯，所以 Wallaby 族人杀吃动物 Wallaby，等于杀吃兄弟。"

　　"有意思。"亚纪父亲心悦诚服地说，"所谓图腾崇拜就是

---

　　①　一种小袋鼠。

这么回事。"

"此外也各有自己固有的 dreaming。"导游继续道。

"那又是什么呢?"亚纪父亲问。

"那个人出生时母亲看到的、梦见的动物和植物即成为与其共有同一灵魂的存在。那些 dreaming 绝不能公开,而作为个人秘密信仰对象。"

"就是说,部族的 dreaming 和个人固有的 dreaming 是不同的。"

"是那样的。"

一时很难准确分辨每一物体的姿形。视界失去纵深,或者不如说失去远近感,本来远处的东西看起来很近,而本来近处的东西却觉得远不可及。

"据说土著人把遗体埋葬两回。"导游继续下文,"最初一般埋在土里,这是第一次埋葬。过了两三个月后挖出遗体,归拢遗骨,像死者活着时那样把所有的骨头从趾尖到脑袋排列在树皮上,然后放入掏空的树干。这是第二回埋葬。"

"为什么那么做呢?"亚纪母亲问。

"他们认为,第一回埋葬的是为了肉体,第二回是为骨头。"

"果然,怪不得。"亚纪父亲说。

"不久,骨头受雨水冲洗,回归大地。死者体内的血与汗统统渗入大地,奔赴地中神圣的清泉。死者的魂灵也尾随奔赴清泉,化为精灵生活在那里——他们是这样认为的。"

162

树和树挨得越来越密。在再也前进不得的地方，我们从车上下来。不觉之间，乔木已变成了灌木丛，细细长长曲曲弯弯的枝条纵横交错成不可思议的景观。其间伸展着兽道一样狭窄的小路。听见的唯有自己的脚步声。近处树丛里偶尔有什么在动，但看不见活物的形体。

　　穿过针刺植物如巨大的刺猬的针一般茂密的地段之后，来到浅褐色的草原。到得这里，看不见任何可以成为目标的物体。除了密密麻麻的桉树群，便是一望无际的干枯的草原。谁也不再开口。天空永远那么明朗，因此感觉上似乎连走好几个小时，其实很可能不过三十分钟。嘴巴在干燥的空气中裂开了细纹，喉咙也干了。想喝冷水，又觉得自己的渴不关自己的事。

　　不久，脚下变成非沙即石的荒地。巨大的圆石旁边长着苏铁样的植物。褐色大鸟在高空飞翔。爬上有些陡峭的碎石坡道，是一方长着几棵树的高台。哪棵树的叶子都掉光了，灰色的树皮满是老太婆般的皱纹。不知名的鸟"喔、喔"叫着，一只蜥蜴在干巴巴的石块上爬。

　　"这里可以吧?"导游说。

　　"这里就是了?"亚纪母亲似乎有点不大满足。

　　"这一带全都是。"

　　"那么，就撒吧!"亚纪父亲说。

　　"你来撒。"亚纪母亲把罐递给丈夫。

　　"三个人分开撒。"

我的手心放有凉凉的白色骨灰。我不能理解这是什么。即使脑袋能理解,感情也予以拒绝。如若接受,自己将分崩离析。我的心像被指尖弹开的冰冻花瓣化为粉末。

　　"再见了,亚纪!"亚纪母亲的声音。

　　白灰样的东西从亚纪父母手中散开。它乘风飞去,散落在红色的沙漠里。亚纪母亲哭了。丈夫搂着她的肩,两人慢慢返回来时的路。我动弹不得。那飞向红色沙地的骨灰简直就是自己的碎片一如再也无法重新拾在一起的我本身。

　　"走吧!"导游催促道,"夜晚马上就到。沙漠的夜晚可不是好惹的。"

4

从澳大利亚回来的时候,季节已开始向春天过渡。期末考试结束后,课好像成了棒球锦标赛的扫尾赛。我在上学放学路上或无聊的课堂上不知往天上看了多少次。有时怅怅看天度过很长时间,并且心想:莫非在那里的么?无论寒冬残留的阳光还是春日柔和的光照——大凡来自天空的一切,都可从中感受到亚纪的存在。仰望长空,每每有云絮不知从何处赶来,飘过我的头顶。而云每往来一次,季节就向前推移一点点。

三月中旬一个暖和的星期日,我请大木带我去梦岛。说了缘由,大木爽快地答应出船。船靠栈桥后,一个人上岸散步,大木说在栈桥等着。三月的海岸,水还很凉,一片澄澈。温煦的阳光使得冲刷石块的波浪闪闪耀眼。从岸边往水中窥看,一只同海岸石头颜色差不多的螃蟹爬过浅滩往海湾方向逃去。从石缝之间伸出色泽鲜艳的触手的海葵,附在稍微大些石头上的灰白色海螺——不知何故,眼睛看到的全是这些小东西。

波涛打不来的海岸往里的地方,开着很多大约是牵牛花的粉红色花朵,一只白粉蝶在上面飞来飞去。我想起去年夏天来的时候在宾馆后院看见的凤蝶。随即那天夜晚发生的事犹如眩目耀眼的光粒子在脑海里飞速旋转开来。哪怕再小的回忆都那么撩人情怀，每一个都那么闪闪生辉，不像实际发生过的往事。

从海岸稍微往上、连接背后土堤那里有一座石头砌的地藏庙。不知晓何人祭祀的什么。想必过去有人遭遇海难什么的吧。房顶等等统统不见，任凭风吹雨淋。当然也没有花和硬币供在那里。也许海上吹来的潮风加速石头风化的关系，地藏菩萨的脸上已没了眼睛和嘴唇，只有鼻梁部位在脸中间微微隆起。由于眉目不清，地藏菩萨反而给人一种慈祥感。

我坐在地藏庙旁边干干的沙砾上，眺望波平如镜的大海。宛如画笔勾勒的蔚蓝色之间有无数光点忽明忽暗闪闪烁烁。左侧探往海面的岬角上的绿树沐浴柔和的阳光，甚至丛生的松树的每一条枝桠都好像历历在目。景色太漂亮了，漂亮得一个人看未免可惜。倘能同亚纪两人看有多好！我觉得自己每天都在这种不能实现的愿望中活着。

低声呼唤亚纪的名字。我的嘴唇比世界上任何人都更适合呼唤她的姓名。而在眼前推出她的面容则需要一些时间。我觉得这时间正一点点加长。或迟或早，恐怕需要付出从旧相册里找出一张相片那样的努力才能记起她的音容笑貌。这让我有点担心。莫非关于亚纪的记忆也将像失去眉目的海边地藏菩萨那样逐渐风化吗？莫非经过漫长岁月后唯独名字——唯独被我误解为季节名称而长期呼唤的名字最后剩下不成？

我倒在沙砾上闭起眼睛。眼睑内侧红彤彤的。去年夏天在这海里游泳时同样通红通红。想到自己体内流淌的是和那时相同的红色血液，不由觉得不可思议。

恍惚间就那样睡了过去。有人叫我的名字，睁眼一看，大木正以诧异的表情盯视我。

"怎么回事？"我爬起身说。

"这话该我问。"他说，"怎么等也不回来，就担心地找来了嘛！"

大木在我身旁坐下。两人默默看海。海湾那边吹来的风带来丰沛的潮水气息。仰脸望天，太阳已绕过左侧岬角，几乎位于眼前海面的正上方。

"现在我还觉得她在。"我说，"这里也好，那里也好，只要有我的地方，无论哪里都好像有她在。这可是错觉？"

"这……是不是呢？"大木困惑地含糊其辞。

"在别人眼里肯定是错觉。"

两人都缄口不语，继续看海。大木把手头的石子朝海上扔去，连扔几次。

"没梦见过在空中飞？"过了一会儿我问。

他以不得要领的神情回头反问："你是说坐飞机什么的？"

"不，像双杆运动员那样自己在空中飞。"

"啊,梦终究是梦。"他终于笑笑,"你做什么梦,是你的自由。"

"你没做过那样的梦——现实中不可能有的梦?"

"想做啊。"

他又拾起石子朝海那边扔去。石子发出硬邦邦的声音在水边跳了跳,跌入水中。

"梦见在空中飞又怎么?"稍顷,他催促似的说。

"靠自己身体在空中飞——现实中不可能有的吧?"我继续下文,"理论上不可能有那种事吧?"

"那是吧。"他慎之又慎地点头。

"可是梦中我的确在空中飞来着。现实中固然不可能有,但做梦时间里我不那样认为。飞的过程中不认为那是不合理的梦。就算那样认为,在天上飞这一事态也仍在继续。实际从天上望着街道,在天上飞那种实实在在的感觉也是有的,所以不是错觉。"

"可那是梦。"大木插嘴。

"是的,是梦。"我老实承认。

"想说什么呀?"

"她死了,身体被烧成了骨灰。我用自己的手把那骨灰撒在了红色的沙漠。可是她仍然在。只能认为她在。不是什么错觉,是真真切切的感觉。就像我不能否认梦中自己在天上飞,也不能否认她还在。即使无法证明,我感觉她在这点也是事实。"

168

说罢,大木沉痛地往我这边看着:

"我会做梦的吗?"

折回栈桥途中,在水边找到一颗亮晶晶的石子。拾起一看,那不是石子,而是被波浪冲刷得完全失去棱角的玻璃。玻璃片在水中看上去犹如绿色宝石。我把它揣进夹克口袋。

"不去宾馆看看可以的?"走到看得见栈桥那里时大木问我,"留下回忆的地方吧?"

刹那间,我觉得胸口冰冷冷凝固起来。我没有回答,只是长长吐了口气。大木什么也没再问。

我从夹克口袋里取出透明的小玻璃瓶。里面装有白沙样的粉末。

"烧她剩下的灰。"

"撒吗?"大木不安地问。

"撒不撒呢?"

上岛前打算把亚纪的骨灰撒到海里,请大木出船时也是这样说的。可是……

"也觉得怪可惜。但是就这么带着也什么都解决不了。"

"那种时候最好带着。"大木关切地说,"撒了后悔也来不及了。等心情沉静下来想撒再撒不迟。那时我还领你来这里。"

因为退潮,船离桥梁下沉了许多。海面平稳,蓝得叫人想哭。

"广濑唱歌你可听过？"良久，大木突如其来地说道，"初中上音乐课不是有唱歌考试么？《年轻的力量》啦《赠言》啦什么啰啰嗦嗦的玩意儿不是唱了很多的么？那种时候广濑的声音小得根本听不见。我虽然坐在前排，可还是听不出她唱的什么。"

"中间有谁吼道听不见来着。"

"对对。结果她的声音越来越小，脸通红通红，一副可怜样子，一直低头唱到最后。"

"记得很清楚嘛。"

"哦？不是那样的。"大木有点狼狈，"因为我不是特别喜欢她。不，喜欢是喜欢，但和你情形不同。"

我也想起亚纪唱歌的事。那是不同于学校考试的另外场面。在岛上宾馆住宿的夜晚，两人一起准备晚饭当中缺什么东西，我上三楼去取。折回一看，亚纪正一边切菜一边低声唱歌。我在厨房门口站住，倾听她的歌声。声音的确小，别说歌词，旋律都几乎听不清。亚纪似乎唱得很愉快。想必在家里做饭也有时这样唱来着。打招呼肯定戛然而止。我伫立在厨房门口，倾听她唱下去。

"还是带回去吧。"我把小瓶揣进衣袋站起。

"是吗。"大木不无释然地点了下头。

衣袋里有凉凉的东西碰在手上。拿出一看，是刚才在海岸拾的玻璃片。也许因为接触空气，表面灰蒙蒙黯淡下来。

在水中如宝石一般美丽,然而现在成了普通的玻璃。我用力朝大海扔去。玻璃片在空中划出漂亮的弧形,低声落在海面。

"回去吧,情种!"大木从后面招呼道。

我回过头。

"求你回去,走吧!"

第 五 章

城山的绿仍很鲜嫩。天守阁正在维修,新涂的外墙白得十分醒目。从北门登上通往主殿的山道,发觉原来郁郁葱葱的林木砍掉了,立起一座仿佛民俗博物馆的崭新建筑物。

从主殿可以俯视整个市容。东面是山西面是海。十年来推进的填海工程蚕食了海湾,如今看上去海似乎小多了。

"好景致啊!"她说。

"一座一无所有的城市,"我不由换上带有辩解意味的语气,"领人来也没什么地方给人看。"

"哪一座城市都不全是名胜古迹。况且寺院也很有意思。很想见一见你去世的爷爷来着。"

"和你或许对脾性。"

"真的?"

交谈中断。两人不约而同朝海湾望去。环海的岬角和岛上,山樱这里那里开出淡粉色的花。

"一开始半信半疑,以为是编造出来的故事。"稍顷,她坦白似的说道,"毕竟太完美了,太浪漫了。可今天亲眼看了墓,有人说实有其事我也只能相信。"

"或者真是巧妙编造也未可知。"

她略一沉吟,抬起淘气的眼睛:"是啊。"

"百分之百相信可能有危险,包括你的事在内。"

"有时候就连自己也搞不清是梦境还是现实。过去发生的事确实发生了?即使以往熟悉的人,死了很长时间后也好像觉得世上根本不曾有过这样的人。"

南侧登山道没有像北侧那么进行开发。路依旧又窄又陡，几乎没碰见登山人。无论生有苔藓的石阶还是裸露的红土都一如往昔。往下走了一会儿，发现茂密的灌木丛中露出自己正找的目标。

"怎么了？"

"绣球花！"

她瞥了一眼，回过头，似乎想说绣球花就那么珍奇。

"花期还早着呢。"我轻轻扔下一句，重新启步，有什么在心底微微颤抖。走了一程，我说："这一带好像没大变化。"

"常来？"她问。

"不，只一次。"

她终于忍俊不禁："瞧你，听语气好像常来似的。"

"觉得来了好几次，其实仅仅一次。"

回来路上，我把车往初中方向开去。校门花坛上栽着三色紫罗兰①。三月都快过去了。

"我念过的初中。"我从车里简单介绍一句。

"哦？"她放下车窗，"进去看看好么？"

久违的校舍看上去脏兮兮的，一副寒碜相。被雨淋得发黑的混凝土预制块围墙约略向路这边倾斜。不知是放春假的关系，还是因为薄暮时分，校园内静悄悄的。往日每次路过都有棒球部和足球部练习的运动场现在也不见人影。

---

① 原文为 Viola 。

我们从便门走进里面。

"好像冷清清的。"我低声自语。语声让我有点恍惚。

"几年没来初中了哟!"她发出欢快的声音,朝游玩器械那边一路小跑。

我似乎被甩在了后头。我在心里试着说出声来:这里两人常来,在这里遇见了亚纪……感觉上就像几十年前的往事,甚至觉得事情仿佛超越时间发生在遥远的世界里。现在以浦岛太郎①的心情四下看去,校园里栽的樱花开得正盛。那时候不曾好好看过樱花,甚至有无樱花都没注意就毕业了。而现在眼前竟有如此娇美的一排樱花树。

当时胸口深处开有一个针扎出的那么小的洞。它如太空黑洞刹那间将一切吞入其中,四周风景也好流淌的时间也好。被仿佛那般久远的过去吸尽的亚纪的语声忽然传来:

"扫除时间里,真喜欢擦教室桌子啊。边擦边看桌面上的涂鸦——有多少年前毕业的人留下的旧涂鸦、有两人同打一把伞的图画和刻在伞上的姓名,其中也有的内容让人不忍擦去……"

她就在我耳畔说着,用那令人怀念的、有些羞涩的声音。那颗温柔的心哪里去了呢? 蕴含在亚纪这个人身上的那美丽的、善良的、细腻的东西哪里去了呢? 它现在仍像在夜半

①　日本民间故事中的主人公。一个叫浦岛太郎的渔夫被大海龟驮进龙宫,受到龙公主热情款待。三年后手拿龙公主给的宝盒返回故乡。不听龙公主吩咐打开宝盒一看,里面冒出一道白烟,自己变成了老头儿。

雪原上行驶的列车那样沿着以这个世界的基准所无法测量的方位在璀璨的星光下不停地奔跑吗？

迟早会返回这里么？很久以前丢失的东西有时会在一天早上忽然发现它就在原处，以美丽动人的、一如往昔的风姿，甚至比丢失的当时还要新，如同被某个陌生人给小心收藏起来——她的心会这样重返这里么？

我从上衣口袋摸出小玻璃瓶。本来打算终生贴身带着，但是，那种必要想必是没有的。这个世界上有开始又有结束，亚纪位于其两端。我觉得仅这样就该满足了。

往运动场一角看去，一个年轻女孩儿正拼命往爬竿上攀登。裙子里的双腿夹住爬竿，左右两手交替上移，身体一点点攀升。天色已经暗了。看着看着，女孩儿的身影即将和运动器械一起隐入苍茫的暮色。一次我曾从这里看过亚纪，看过夕晖中在校园一角攀登爬竿的亚纪……至于那记忆是否真实，我已无从知晓。

风吹来，樱花瓣落下。花瓣飘到脚前。我再次注视手心里的玻璃瓶。小小的疑念掠过胸际：不会后悔么？也可能后悔。可是现在落樱是这般美丽。

我慢慢拧开瓶盖。往后的事不再想了。我把瓶口朝向天空，笔直伸出胳膊划了个大大的弧形。白色的骨灰如雪花儿飞向晚空。又一阵风吹来。樱花瓣翩然飘落。亚纪的骨灰融入花瓣之中，倏忽不见了。